U0106345

Nona · 露娜

大家好，我是這本書的主角Nona露娜！可別看我只是頭小犬女，我從荷蘭千里迢迢來到香港，為的是成為除暴安良、伸張正義的警犬！汪汪！請大家多多支持！現在先讓我替大家介紹一下我們警犬隊裏幾位超級明星吧！

Max · 麥屎

這位是跟我一起從荷蘭來香港受訓的Max麥屎，他不但年輕力壯，身手不凡，而且一直對我照顧有加，就像我的大哥哥一樣！

Rex · 力士

這是Rex力士，跟Max麥屎合稱2X！就跟那些二人的歌星組合一樣，是一對好拍檔！力士不但年輕英偉、活潑機智，而且幽默風趣，是犬女心目中的白馬王子呢！

芝達

這位是我的師姐芝達，她在警犬隊裏有「親善之犬」的美譽，對人對犬都親切友善，我也要向她好好學習啊！

麥屎、力士、芝達和我都是瑪蓮萊犬，我們不但是短跑好手，而且嗅覺比狼犬還要靈敏，是警犬隊的超級新星！

Tyson·泰臣

這是Tyson泰臣，別再靠近他了！小心他咬你啊！他是典型的洛威拿犬，「地盤」意識很強，會毫不猶豫地攻擊所有入侵者啊！泰臣體格強健，性情兇猛，雖然在警犬隊中表現超卓，不過老是神經兮兮的，跟其他警犬都相處不來。我們還是別惹他，去看看其他警犬吧！

Hilton · 希爾頓

　　看這頭犬一臉憂鬱的樣子，別以為他患了抑鬱症啊！其實他只是介懷自己那不可告人的身世罷了！希爾頓是一頭拉布拉多犬，這種犬天生學習能力很強，智商相等於一個八歲的兒童呢！雖然他是警隊裏出色的緝毒犬，但卻因為身世不太光彩，所以常常獨來獨往，不願與其他犬交往。

Lord · 阿囉

　　來來來！來探望我的好朋友Lord阿囉吧！阿囉是一頭史賓格犬，這種犬天性熱情活潑，性情友善，可以跟陌生人和動物都融洽相處。雖然阿囉說話結結巴巴的，但樣子可愛，而且大方慷慨，是我露娜最好的朋友啊！不過話說回來，身為一頭警犬卻這麼溫柔，到底是福是禍呢……

Artemis · 愛添美

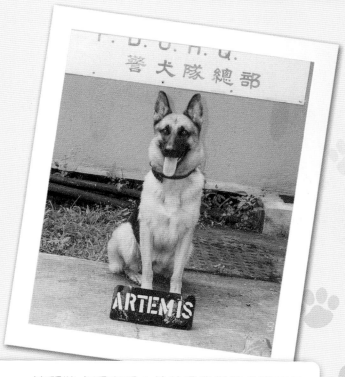

　　這頭狼犬漂亮嗎？她就是我們警犬隊裏年紀最大⋯⋯不不不，應該說是經驗最豐富的警犬——Artemis愛添美。她舉止優雅，而且還很愛打扮，最愛領犬員替她梳毛扮靚，所以我們都叫她做「愛美姐」呢！

Dyan・阿歹

除了愛美姐外，警犬隊裏的狼犬老大姐還有Dyan阿歹。阿歹跟親切的愛美姐完全不同，常常恃着自己是警隊中狼犬的老大姐，就瞧不起其他犬，尤其是我們瑪蓮萊犬！所以她不願意把她「珍貴的」照片交給我，我只能讓大家看看她的畫像。但不要緊，只要大家看看這本書裏有關她的故事，就會知道她是一隻怎麼樣的犬了！

愛美姐和阿歹都是德國狼犬，狼犬正義感強，愛保護弱小，向來都是人類最佳的拍檔，不但可以當警犬，也可以當牧羊犬、搜救犬和導盲犬呢！

大家已經認識了我們一班特警，是否覺得我們既可愛又威風凜凜呢？現在就跟我們一起走進人間道，看看我們那些有血有淚有歡笑的故事吧……

特警部隊 1
新修訂版

走進人間道

孫慧玲　著

新雅文化事業有限公司
www.sunya.com.hk

特警部隊 1（新修訂版）
走進人間道

作　　者：孫慧玲
繪　　圖：小黑
責任編輯：李蘊華　潘曉華
美術設計：李成宇　蔡學彰
出　　版：新雅文化事業有限公司
　　　　　香港英皇道499號北角工業大廈18樓
　　　　　電話：(852) 2138 7998
　　　　　傳真：(852) 2597 4003
　　　　　網址：http://www.sunya.com.hk
　　　　　電郵：marketing@sunya.com.hk
發　　行：香港聯合書刊物流有限公司
　　　　　香港荃灣德士古道220-248號荃灣工業中心16樓
　　　　　電話：(852) 2150 2100
　　　　　傳真：(852) 2407 3062
　　　　　電郵：info@suplogistics.com.hk
印　　刷：美雅印刷製本有限公司
　　　　　九龍觀塘榮業街6號海濱工業大廈4字樓A室
版　　次：二〇二一年二月初版

版權所有・不准翻印

ISBN: 978-962-08-7656-1
© 2007, 2014, 2021 Sun Ya Publications(HK)Ltd.
18/F, North Point Industrial Building, 499 King's Road, Hong Kong
Published and printed in Hong Kong

序 1

　　自古以來，人類認為狗是最忠心的動物朋友。除了是最受歡迎的寵物，狗憑藉牠們的天賦能力，在多方面為人類提供優質及無可替代的服務，例如防盜、導盲、拯救和搜索等。犬隻協助警務工作已經有悠長的歷史，警犬經特別訓練後，擔任由一般巡邏工作以至追蹤、搜查毒品及爆炸品等艱辛任務，都任勞任怨，忠心耿耿，配合領犬員共同進退。

　　作者孫慧玲女士以生動和輕鬆手法，描寫警犬在接受訓練期間及出勤時所面對的各種情況，透過警犬 Nona 眼中所見、耳中所聞，為讀者提供很多有關警犬不為人所熟悉的生活及工作片段。書中演繹警犬的內心世界，反映在現實生活中，一頭警犬從被挑選接受嚴格訓練到執行任務時與其他警犬及領犬員之間的互動生活情況。

　　書中帶出一個很重要但常常被忽略的做人和處事之道。這就是在互動生活過程中必須的互相溝通。在剛被委任為警務處處長時，我提出了幾項加強與各方面溝通的工作目標。正所謂「工欲善其事，必先利其器」，我深信有效的溝通渠道對提高警隊工作效率有莫大裨益。警犬 Nona 及各章中的主角雖然對不同事情都有牠們自己的看法，但牠們都有一個共通點，那就是透過牠們的特殊溝通方法，把內心要說的話努力表達。

　　在這裏，我勉勵各年輕讀者仔細在書中尋找做人溝通之道，因為有良好的溝通和表達能力對改善學習及加強人際關係都有很大幫助。

警犬 Nona 透過作者孫慧玲女士的生花妙筆，把牠的動人經歷活現在讀者眼前。除了加深讀者對警犬工作的認識外，我希望本書能引起大家對動物的愛護和關懷。

鄧竟成
香港警務處處長
（寫於 2007 年）

序 2

　　哈囉，我是阿濃，這本書作者孫慧玲的老朋友。她叫我為她的新作《特警部隊·走進人間道》寫序，我很高興，因為我可以比所有的讀者更早讀到她寫的故事，而她寫的故事一向都很好看。

　　果然，這是一本一看就放不下來的有趣的書。看完之後我要對她連說幾聲：佩服！佩服！

　　我佩服她對「犬」的心理和行為都十分了解，而且不是一種犬，是種種不同的犬；而且不是普通的犬，是飽受訓練的警犬。

　　我佩服她對警犬的訓練、任務、表現都很熟悉，就像一個專業的馴犬人。

　　我更佩服她對讀者的喜愛能充分掌握，尤其是少年讀者。她知道他們喜歡動物，尤其喜歡人類的好朋友——狗；她知道他們對警察的工作十分嚮往；她知道他們喜歡新鮮的題材；她知道他們喜歡笑，最好是一面看，一面笑。這方面孫慧玲有豐富的喜劇細胞，幽默、風趣不但出現在故事情節中，還出現在文字中，常有神來之筆。

　　你如不信，到你看到這本書的最後一句（不許提早偷看），你還會意想不到的再笑一次，那時你便知道。

阿濃
兒童文學作家
（寫於 2007 年）

忠僕的頌歌

魔警事件深感歎

　　二零零六，甲戌年，屬狗的一年，發生了「魔警」徐步高用極其殘酷的手段殺害兩名同僚的駭人事件，全港傳媒多天來鋪天蓋地報道、渲染，引起全城紛紛議論，甚至抨擊香港警察的素質，懷疑香港警隊的能力，當然，樹大有枯枝，即使一個家庭，也會出敗家子，但我覺得，在香港生活，不失安全感，全因香港治安好，就是因為香港警察素質高，忠於職守，於是，促使我以懇摯的心，開始寫警察的故事，《特警部隊》系列小說的第一本在二零零七年出版，至今一共六本。

警犬情深智仁勇

　　我跟許多兒童一樣，喜愛動物，寫警察故事，我選擇了警犬，來讓少年兒童從警犬的故事中，認識警犬，也從而了解警察的工作。那種危險、那種艱辛，在那種全情投入，與賊匪對峙，奮不顧身的儆惡懲奸中，看到不論是人，或是警犬，都能夠堅守正義，盡忠職守，滿身散發殲滅罪行的鬥志和勇氣，有與罪惡誓不兩立的使命感！人和犬，心靈相通，互相關心，彼此扶持，忠誠相待，愛意永在，真教人動容。

　　《特警部隊》中每一個故事，都有其真實性，在搜集

故事資料和撰寫故事時，我的內心起伏不已。警犬天性忠誠，勇毅不屈，叫人敬佩；牠們警覺性超凡，利用特有的敏銳聽覺和嗅覺，尖銳的犬牙和嘹亮的吠聲，使賊匪俯首就擒，叫人驚訝；牠們辦案時而機智百出，引來掌聲，但也時而犯錯誤，惹來指摘，牠們的際遇，跟人類一樣，有高低起伏，升沉進退，叫人感慨。同時，警察故事，離不開罪惡，挖得越深，便越驚心動魄，繁華底下的黑暗面，能不令人震慄，使人惆悵？

精彩系列用意深

《特警部隊》系列小說，一共六本：

1.《走進人間道》，寫警隊引進警犬，警犬學校的嚴格訓練，警犬在學習中表現的聰明，在考核中表現的英勇，警犬對領犬員，初相拒，後相隨，到推心置腹，合作無間的關係，妙趣橫生；

2.《伙記出更》，寫警犬初出道執勤的怯懦憨態，洋相百出，在對付變態刀片人、偷渡者、飛仔等實戰中提升了信心，增強了能力，過程使人發噱；

3.《搜爆三犬子》，寫警犬在奧運馬術比賽期間執行反恐保安工作的險象橫生和慘中陷阱，犬和犬之間尚且充滿陰謀詭計，更何況是人？故事可謂出人意表；

4.《緝毒猛犬》，寫犬有忠犬有惡狗，人有好人跟壞人，表面看似不可能犯罪的人，實際卻是可怖的大毒梟，叫人防不勝防，真箇忠奸難辨，人心叵測；

5.《少女的「秘密」》，集中揭示少女犯罪的種種情形和問題的嚴重性，少女是未來的媽媽，她們的思想行為絕對影響社會、國家的發展，是值得擔心的大危機；

6.《男孩的第一滴淚》，則將焦點放在探討少年的內心，少年鋌而走險，掙扎成長，他們的人生和內心，充滿迫逼與無奈，他們還有出路嗎？還有將來嗎？但願少年們都能在成長的挫折中見光明。

少年英雄跨三代

香港警犬，自小入伍，表現優秀的多不勝數，屢屢獲獎亦大不乏犬。我們看到牠們的忠誠可靠，英勇立功，但牠們心中的歡樂哀傷，恩怨情仇，我們又知道多少？能夠認識這些故事中的警犬，是我和你們的榮幸。

《特警部隊》系列中的香港警犬隊，橫跨三代：

第一代有精明機智的 Nona 露娜、穩重成熟的 Max 麥屎、英俊多情的 Rex 力士、憨厚害羞的 Jacky 積仔、善妒暴躁的 Tyson 泰臣、怯懦畏縮的 Lord 囉友、熱情敏銳的 Bo Bo 阿寶、高傲自恃的 Dyan 阿歹、改邪歸正的 Hilton 希爾頓；

第二代有 Nona 露娜的頑皮仔 Epson 阿爽、好動愛色 Baggio 巴治奧、王牌搜神 Coby 高比、嚴謹女神 Connie 康妮、嬌嗲公主 Antje 安琪、陰險毒辣 Jeffrey 綽飛；

第三代有「黑煞三王子」：三頭黑金剛，包括勇猛善戰 Tango 彈高、不怒而威 Owen 奧雲、剛柔活潑 Lok Lok 樂樂等，當然還有 Antje 安琪所生的幼犬……

故事串連停不了

　　數一數，竟有近二十頭之多，牠們就像人一樣，各有各的性格和所長，各有各的際遇和故事，我就以香港警隊從荷蘭引入的第一代瑪蓮萊犬 Nona 露娜做主線，用牠洞悉一切的靈慧犬眼看世情，串連牠和其他同僚驚險刺激的執勤際遇、艱苦準確的訓練和考驗，日常相處的趣事瘀事等，刻畫每一頭警犬獨特的性格、情緒、成長及面對考驗的種種，讓讀者看出趣味，也思考成長，思考社會。

衷心感謝好因緣

　　在此，謹以摯誠的心再多謝香港警犬隊前高級督察吳國榮先生，有他的協助和指導，我才能寫成這系列小說。寫到最後，故事中第一代的警犬都退休了，吳督察也退休了，而我，也從香港大學教師的崗位上退了下來，我們正在開展更豐盛多姿的人生階段，繼續以最大努力回饋社會，但願普天下成年人慈悲為懷，淨化社會，共建安祥和平，讓兒童都能夠健康快樂的成長。

　　《特警部隊》系列小說，得前香港警務處處長鄧竟成先生、警犬隊前高級督察吳國榮先生、立法會議員葉劉淑儀女士、前立法會主席曾鈺成先生、著名兒童文學前輩阿濃先生賞識賜序，再謹此致謝。在此，也要多謝新雅文化事業有限公司前董事總經理朱素貞女士支持、前副總編輯何小書女士督成、前編輯部經理甄艷慈女士費心，這系列六本警犬小說才得以出版，並得到讀者喜愛。而今年因得董事總經理兼總編輯尹惠玲女士賞識得以修訂再出版，謹此致以深摯謝意。

徐慧玲

（2021 年修訂）

目錄

第一章　特警學堂

沙嶺，一個罕為人知的神秘地方。

在西北中港邊界，沙頭角，一個人跡罕到的山頭，一個謝絕外人的禁區，一個要持禁區紙出入的所在！

申請禁區紙當然要一番手續，一番工夫，所以到過那裏的人並不多，包括作者在內。你千萬別試圖走到那裏偷窺、打探、僭越，先警告你：如果你這樣做，你將會是自找麻煩，很大的麻煩。

從遠處望過去，只見沙嶺一帶羣山莽莽，峯巒起伏，就在裏面一個偏僻山頭的一處，樹木濃密掩映之中，有大片如茵綠草和一些零星的小平房。老實說，這樣的一個環境，絕對是小朋友玩捉迷藏，少年人踢足球的理想地方。但現在，你老遠看到的只是神秘的籠車出出進進，聽到的是犬吠聲狺狺嗷嗷，晝夜不絕。

這到底是一個怎麼樣的所在？

告訴你，這裏就是特種警察的訓練基地，四條腿

特警隊的學堂。

天才微亮，警官們便來打開犬舍鐵門，只見每一頭特警都興奮得翹頸蹬腿，有的飛身撲上去，用後腿站立前腿蹬門，「汪汪汪汪」連聲打招呼；有的高興得追着自己的尾巴團團轉，也不怕昏頭昏腦；也有的一派成熟穩重，沉默端立、冷靜地等待着每天令他們暗地裏緊張心跳的一刻。

舍門一開，眾犬連聲呼叫，狂衝出閘，放腿發力，就像賽犬般向前衝撲。他們，緊跟着自己的兄弟，在偌大的草地上奔馳，追逐透過葉尖灑落地上的點點金光，歡叫招呼聲此起彼落：

「汪，你好！」「汪汪，大家好！」特警們態度友善，互相問候。

「汪汪，早晨！早晨！」很有禮貌，表現教養。

「今天比拚比拚，如何？」這是特警訓練學校，特警們每天當然不是跟別的犬比拚，就是跟昨天的自己比拚。

「好呀，看我的！」爽朗的回應中表現了無比的信心。

這支特警隊有來自英國及德國的牧羊犬、洛威拿犬、拉布拉多犬和史賓格犬，還有近年自荷蘭引入的

瑪蓮萊犬等。警犬們來自不同的地方，有不同性格特點，操不同母語，但經過一段時間訓練後，連來自德國和荷蘭的伙記也很快地學好英文訓令，通過英文「基準試」，沒有一犬因語言問題而丟失工作。日子久了，他們也聽得懂領犬員的中文，溝通無間。

世界艱難呀，做犬不懂兩文，也要學好三語呀。

德國牧羊犬體形中等，聰明、服從性好、嗅覺靈敏，叫做牧羊犬，當然最擅長放牧，牧羊固然頂呱呱，牧牛也絕無問題。牧羊犬來到警校，不牧羊也不牧牛，但卻顯得更多才多藝：巡邏、搜毒、搜炸彈、追蹤、搜捕、搜救，甚至導盲，樣樣皆精呢。所以以前警犬隊多用德國牧羊犬。

說到我，Nona 露娜，一頭瑪蓮萊犬。來自以訓練警犬聞名的荷蘭，屬於比利時牧羊犬的一種，身形比狼犬小。別小覷我才幾個月大，我有的是瑪蓮萊犬的敏捷身手，動作和速度比我的表哥的表哥狼犬還要快一倍！我家族中的長輩每年都被抽選參加全國犬隻大賽，不是我自誇，瑪蓮萊犬得獎纍纍，比狼犬還要出色哩！正因如此，我的表哥的表哥狼犬對我們瑪蓮萊犬總是冷冷淡淡的，無視大家是遠房親戚這鐵一般的事實。

　　我在荷蘭的警犬訓練學校出生，年紀小小便看着犬哥犬姐犬叔叔犬姨姨們接受訓練、參加比賽，耳濡目染，早已很想很想出籠一試身手。斷奶沒多久，以為可以跟媽媽馳騁草地，忽然有一天，卻來了幾個人，指指點點的，說些我們荷蘭犬聽不懂的話，他們還乘媽媽產後復出受訓，將我抱走，檢查犬毛、犬耳，連小小屁股也不放過，還要照顧我們的荷蘭 Sir 吩咐我做這個動作做那個動作。

　　然後我便和其他小犬被裝在犬籠中，送上了飛機，連跟媽媽說再見舔別也沒有。從此之後，我再沒見到媽媽和眾兄弟姊妹，每次工作繁重，情緒低落，我就會想起媽媽，只是，能夠再跟媽媽和眾兄弟姊妹見面又如何？我還認得他們嗎？他們還認得我嗎？我們的關係，還可以像以前般親密嗎？

　　在飛機上的時間實在難熬，飛機貨物艙內其實很擠迫，還有點悶熱，好像要考驗誰沒有幽閉恐懼症，誰沒有機艙症候羣。飛機有時左右搖晃，有時上下顛簸，令我覺得很不舒服。艙內除了我們十頭瑪蓮萊犬，還有兩匹馬、兩隻猴子和一隻肥貓。那兩匹馬不知吃錯了什麼東西，在旅途上不停地大便，那些排泄物臭得令我不停打噴嚏！那兩隻猴子則在籠裏跳踩叫喧，

把鐵籠搖得嘎嘎作響，吵得人心裏煩躁，他們還擠在籠邊，故意挑釁隔鄰那隻肥貓，只見他們死命地伸長手要去抓肥貓。肥貓本來瑟縮一角，不理會他們，但他們越玩越瘋，甚至口出惡言：

「死肥貓，看你一副窩囊相，肥到不會動彈了吧？」

「瘋猴子，你知道我是誰？我是堂堂冠軍貓，身價超過一百萬哩！」肥貓發怒了，全身貓毛豎起，把自己谷漲得像極個大圓球。

「喵，看爪！」肥貓倏地伸出利爪，在猴子臉上劃下一道血痕。

「哇吱！哇吱！」猴子痛得大叫，吵聲震機艙。

這邊廂，只見肥貓也頹然蜷伏，不發一言。在她的身體下，悄悄滲出鮮紅的血路……肥貓受傷了！看來，她抓傷了猴子，自己也付出代價。我聽見她喃喃自語：

「死啦，弄傷了爪，再也不值一百萬了！」

戲看完了，我趴在籠裏，不禁又想起家，掛念媽媽，心中鬱鬱不樂的，好想好想痛快痛快地哭一場，但喉頭卻只發出呦呦嗚嗚的叫聲，旁邊籠裏的犬哥哥一直沉默不語，好久好久，他忽然輕聲的說：

「想哭麼，那便痛痛快快哭出來，橫豎你是小女孩，你有這個特權，到下飛機時，便不要失禮人了！你要記着，我們身為警犬，要堅毅勇敢，無所畏懼，知道嗎？」

犬哥哥名叫Max麥屎，隔着犬籠舔我，給我鼓勵，我「嚶嚶」了兩聲，也就乖乖地安靜下來。就這樣，我跟隨警犬蒐購手吳督察到了香港。

我還記得那天，由於困在籠裏太久，下飛機時，我這頭荷蘭小犬，四腳發軟，差點站立不穩。在我左邊站着英偉不凡的 Max 麥屎哥哥，右邊是 Rex 力士哥哥，同樣高大威猛。我們同種同鄉，都是瑪蓮萊犬，都來自荷蘭，犬味相投，特別親切。在兩位哥哥身旁，我也挺胸抬頭站立，迎接香港的陽光。

和我們同期到香港服務的還有其他幾頭警犬，警官們把我們送去沙嶺——特警學堂。

我們還未現身，兩旁犬舍的師兄師姐便一個勁的叫吠。

這邊廂，一頭師姐用荷蘭語親切地笑着叫道：「歡迎你們，小東西，你叫什麼名字？」

噢，太好了，她也是一頭瑪蓮萊犬，同鄉相惜，親切友善，我被她的笑臉逗得鄉愁頓減，愉快地回應

道：「你好，我叫 Nona，露娜。」

「Nona，我叫芝達，大家做個朋友。」

「謝謝你，芝達。」芝達的友善使我像見到媽媽，令我對香港特警隊留下第一個好印象。

看見那邊一隻德國狼犬，知道是遠房親戚，我立即主動打招呼，搖尾示好，得到的卻是驕傲的揶揄：

「看你只有三分似狼犬，實則七分似唐狗，做超級特警，就憑你？！」

我年紀小，地位卑微，哪敢哼一聲，只好沒趣地急急走開。後來我才知道她就是狼犬老大 Dyan 阿歹，是我表哥的表姐！記得媽媽告訴我：我們瑪蓮萊犬，是比利時牧羊犬和德國狼犬的遠房親戚，在以前，大家都做着牧羊工作，由於我們跑得比狼犬快一倍，在軍事偵察、海關搜查、消防搜救工作獨當一面，在警備上更表現卓越，被譽為全方位職能犬種，比狼犬更受重用。如果 Dyan 阿歹聽到這番說話，不氣死才怪。血統正宗？高大威猛？So what？！

我們瑪蓮萊犬的老大哥是 Joe 哥阿祖，他是第一頭在警隊服務的瑪蓮萊犬，由於瑪蓮萊犬天生比狼犬體形細小，容易被那些高大威猛的大漢瞧不起。據說他初來乍到，一出現便引起羣犬汪汪汪示威，狼犬老

表姑 Dyan 阿歹尤其是對他不客氣：

「小子，看你那副骨瘦如柴、腳短身矮的窩囊相，哼，捉賊？就憑你？！」Joe 哥果然老江湖，連連搖着尾巴對 Dyan 阿歹説：

「多多指教，多多指教。」人家如此客氣，Dyan 阿歹也無話可説了。

「不要過來，不要過來，有膽過界，有膽過界，咬死你！咬死你！」

遠處一頭兇神惡煞的傢伙攀在籠前大叫，嚇得我立即止住腳步。我後來才知道他叫 Tyson 泰臣，是一頭德國的洛威拿犬，全身烏黑，四條腿點綴着咖啡色，像穿了四個啡色拳套，十分惹笑。Tyson 泰臣體格強健，性情兇猛，樣貌奇特，做巡警，保證叫壞人膽喪，小孩嗬哭。Tyson 泰臣是警犬隊中的大明星，表現超卓，擅長搜捕，護衞出色，搏擊術更稱王，跟拳王泰臣一樣所向無敵。也許是屢立戰功，因此自以為了不起，愛對其他同事頤指氣使；也或許是工作壓力太大，老是神經兮兮，對大夥兒呼呼喝喝的；又或許洛威拿犬本性就是容易興奮。一興奮便犬臉通紅，吠聲震天，給人兇巴巴、不好親近的感覺。由於沒有犬愛跟他做朋友，他也只好忍受着「無敵最寂寞」的

生涯。

相反地，住在他隔鄰的是一頭沉默寡言的德國拉布拉多犬 Hilton 希爾頓，別看他趴伏一角，沉默不語，他可是鼎鼎大名的緝毒犬，立功無數，聽說他並不是留學外國或在警校長大，相反地，他身世坎坷，出生以來，便被毒梟養在家中「看管毒品」。他之所以成為特警，是因為在一次掃毒行動中，毒梟亡命逃逸，棄下了他的狗，就是 Hilton 希爾頓，他當時才兩歲左右，法庭判將犬充公，如果沒人領養，便作人道毀滅。由於他嗅覺靈敏，天生一個偵察毒品鼻，又曾長時間與毒品為伍，對毒品的嗅覺尤其敏銳，警犬隊決定收養他，訓練他，使他改邪歸正，成為緝毒犬。犬界如人界，有所謂「狗眼看人低」的陋習，其他警犬鄙視他的出身不良，他自己也有心理負擔，忌談自己的過去，但「毒梟之狗」大名，還是傳遍警犬界。在警校中，他總是獨來獨往，形單影隻。

不說別的了，說說我的犬舍。

我很喜歡我的犬舍，獨立房間，十平方呎左右，分開了兩個間隔，裏面是有蓋的睡房，乾爽潔淨，可以安靜休息和睡覺，外面還有一處露天空地，是曬太陽活動的好地方。網上流傳說東南亞某國也有一支

K-9 警犬小分隊，成立已經四十多年了，有五十六頭警犬，卻擠在狹小污穢，瀰漫惡臭，在雨季甚至水淹及膝的犬舍！真的嗎？

我的犬舍是我的地盤，我要在四處撒撒尿，留下我 Nona 露娜獨特的氣味，掩蓋之前住客的臭味，通知其他伙記：

「這是我，Nona，露娜的地盤！」霸佔和保護領土是犬的天性，不撒尿劃地，我還是犬麼？將來長大，我還要把尿撒向高處，擴展擴展領土哩！

犬舍裏每天都放了一盆水，給我們解渴，有些傢伙卻永遠把它弄翻，水灑了一地，然後便大吵大鬧：

「喂呀，渴死了呀，給我水呀。」如果他的兄弟警官沒理會他，他便會大叫：

「救命呀，想渴死犬呀？」

吵聲震天，弄得大家煩躁起來，一起「汪汪汪汪汪汪汪」的罵他，這時，警官吳督察便會笑着對他的伙記説：

「看，一犬吠影，百犬吠聲！」

吳督察呀，我們不是吠影或吠聲，是一起叫那吵耳的傢伙收聲呀！

住在我隔壁的是 Artemis 愛添美，當羣犬汪汪時，

她總是不吭一聲地端坐警戒，出奇冷靜地看着我們，充分表現了德國狼犬的優雅高傲。人類說年輕時鬥漂亮，年紀大時則要顯優雅。Artemis 愛添美在特警隊中年紀最大，修養當然跟血氣方剛一族不同。Artemis 愛添美真正犬如其名，體形纖細，舉止嫻雅，嗜好是美容和美食，時常打瞌睡保養血氣。她很留意自己的儀容，最怕身上犬毛污穢，尤其是大熱天出勤回來，一定要她的姊妹霞女替她洗澡吹毛，潔耳修甲。她最大的享受是她的姊妹霞女替她做犬肉按摩和跟她玩騎膊馬，一些大漢嫌她「姿整愛美」，給了她一個諢名「愛美」，混熟了我也就跟大夥兒「愛美姐、愛美姐」的直叫她，她雖然是狼犬，卻不像 Dyan 阿歹般狗眼看犬低，完全沒嫌棄我這頭表妹的表妹。

我最喜歡的是 Lord 阿囉。他，是一條來自英國的史賓格犬，個子不高，啡色的頭，白色的身，很可愛的樣子。他性情溫和純良，沒有機心，難得的是大方慷慨，從不計較，也不和其他犬爭執，向其他犬隻狂吠、在人家犬舍前撒尿揚威的事也沒見他做過。Lord 阿囉說話不多，有話說也是期期艾艾，詞不達意的，幸好警犬不用考口試，不然他必不合格。他也時常做錯事和善忘，但其實他犬性聰明，學習能力高

強，有自己的原則。我們有一見如故的感覺，每當我
經過他的犬舍時，他就會瞇起一隻眼睛頑皮地對我說：
「Hello，Nona，明天一起玩好嗎？」我們在一起，
最愛玩拾波波拾樹枝並肩跑遊戲，很有「老友鬼鬼」
的感覺，所以我索性叫他做「囉友」。說真的，和
Lord 囉友一起，我可以不設防，盡情享受友情，做我
自己。

　　聽吳督察跟他一班兄弟們說，要儘快安排我們接
受學堂的特警訓練呢。

　　我 Nona 露娜知道，我們初來乍到，加入香港警
察隊伍，還得經過生活適應和嚴格訓練，才可以做真
正的特警。

　　警察的生涯會是怎樣的？

　　明天，多姿多彩的學校生活便會開始了，我真有
點急不及待，我要做傑出的一頭，表現出色，不要庸
庸碌碌過一生。

　　明天，又是怎樣的一天？

　　希望我沒有時差症候羣，水土不服症吧。

第二章　化敵為友

　　每一頭警犬都有他的領犬員，工作上我 Nona 露娜和陳 Sir 的關係是主僕，我 Nona 露娜要對他言聽計從，他要我行動我不可以休息，他要我向東我不可向西，他要我停我又不可以跑，他要我靜止我又不可以吠叫。但在感情上，我們是兄弟，打死不離的兄弟，我們朝夕相對，一起玩耍，一起執勤，一起赴湯蹈火，雖然我住犬舍，他住人屋，但我們心靈相通，苦樂與共。

　　我 Nona 露娜就聽說過中國石家莊市一頭特警默靈，是和 Tyson 泰臣同種的洛威拿犬，擅長搜捕。一次參加南昌警犬基地的演習活動後，他被栓在樹林裏，被一羣毒蜂在頭上猛螫，但默靈是一頭忠心的警犬，謹守「不是發現目標不可以吠叫」的訓條，結果他被螫得頭、眼、嘴都腫脹不堪，但他仍然死命忍受，不吭一聲，實在忠誠可靠得很，只可惜最後中毒太深，到他的兄弟發現時，他已經奄奄一息了。結果？當然一命嗚呼！唉，他在至死前，雙眼還一直情深款款地

望着他的公安兄弟呢！

這樣「默」守成規的警犬，怪不得叫默靈。這樣子的「愚忠」，這樣子失掉生命，值得嗎？！我在想：如果我是默靈，我會怎樣做呢？中國不是有一句話說：「將在外，軍令有所不受」嗎？更何況那次只是演習罷了！愚忠默靈，但願你安息了！

我 Nona 露娜是吳督察帶來香港的，我早已熟悉了他的氣味，認定了他是我的拍檔，以為他會是我的導師，我的好兄弟，一進犬舍，我便翹首期待那熟悉的身影氣味，誰料第一個鑽進我犬舍的竟是另外一個年輕小伙子。

「……Nona……」那個人對着我嘴咧咧的笑，說了一堆話，我是荷蘭犬，只懂荷蘭話，不知道他嘰哩咕嚕跟我說了些什麼，唯一聽得懂的是我的名字「Nona」。他拿着一個香味四溢的食物盤，走進犬舍，逐步向我行近，似乎顯得小心翼翼。我雖然嗅到誘人的肉香味，但還是向後退，毛髮豎立，尾巴豎起，口中發出低吼聲，表示警戒。我不知道他是誰，我不能隨便信任任何人。我的動作他似乎明白，也不勉強我，他放下食物盤，向我笑了笑，關門走了。

住在隔壁的是 Artemis 愛添美愛美姐，她的中英

文名字都太難記了，所以我只管叫她愛美姐吧。愛美姐和藹地對我説：「傻丫頭，他是陳 Sir 忠仔，是你的領犬員，以後負責照顧你訓練你的。」

「他剛才嘰哩咕嚕的説些什麼，我根本就不明白！」我有點擔心地説。

「哦，他説『Hello，Nona，我是陳 Sir，你的領犬員』。他向你表示友好吧。」愛美姐來了香港才半年，已經聽得懂中英文，真教我羨慕。

「香港警 Sir 為什麼不學好荷蘭文？」我正想問清楚，愛美姐的領犬員 Madam 馮來了：

「Hello，Artemis，昨天睡得很好吧，今天精神煥發，好漂亮呢！」

只見愛美姐歡叫着撲向她，舔她的手和臉，Madam 馮也熱情地摟着愛美姐説：

「我鍾意你呀！傻豬！」自從我學懂英文和中文之後，我每天就聽到 Madam 馮跟愛美姐説同一番話，逗得愛美姐伸舌咧嘴狂舔傻笑，汪汪汪汪的直叫：

「瘦乓霞 girl，瘦乓霞 girl。」

犬跟學生哥一樣，老師面前阿 Sir、Miss，背後還不是諢名一大堆？！

「快來吃早餐，吃過早餐我們出去玩。」Madam

馮對愛美姐說。

　　看見愛美姐有人疼，我特別感到寂寞，也沒胃口吃那早飯。

　　Madam 馮帶着愛美姐出去玩了，我撲上前，兩腿站立，趴在籠上，望着愛美姐跟 Madam 馮出籠去了，羨慕得口水直流。

　　這時，陳 Sir 又來了，看見我沒吃東西，又咦咦哦哦地向我說了一些話，遠處的愛美姐回頭為我翻譯道：「他說：『想出去玩就要乖乖跟他做朋友，不吃東西就沒力氣了。』」

　　我看了陳 Sir 一眼，覺得他雙眼充滿慈愛，也不惱我不理睬他。我本來就品性純良，跟人和犬做朋友也沒什麼困難，但眼前是一個陌生人，作為警覺性極高的優良警犬，天性不會太輕易信任人，不會任人擺布。我再次退在犬舍一角，目不轉睛地盯着這個什麼「陳 Sir」，尾巴堅挺地豎在中間，嘗試判斷他是敵是友，還不時吠叫一下，好歹讓他知道我不好欺負，別來惹我生氣。

　　「陳 Sir」見我冷淡對他，也不着急，把我的食物盤放到籠子外，自顧自去打掃我的犬舍。也不知他用了什麼法寶，清洗了的犬舍，清潔芳香，使我繃緊的

神經鬆弛了許多。就在這時，一陣熟悉的氣味隨着早晨的清風吹來了，鼻子告訴我吳督察來了！我霍地站起來，犬鼻在空中嗅索，越來越近了，「汪汪」，我搖着尾巴打招呼。

「Hello，Baby Nona！」吳督察熱情地輕拍我的頭，為我撫耳掃背，請「陳 Sir」把籠子外的食物盤再拿到犬舍內。聰明的我當然知道，吳督察要告訴我：這個「陳 Sir」是我要接納、要信任的人。

下午休息時，陳 Sir 又來了，拿來了我很喜歡吃的烤牛肉，說真的，嗅起來味道蠻不錯，這次，他不進犬舍了，就在籠子外對我傻笑，舞動着烤牛肉誘我過去。我早餐吃不飽，這時，也無謂和自己的肚子鬥氣，於是，我裝作沒有什麼吸引似的，緩緩地一步一步走近籠邊，先嗅一嗅香不香，然後假裝不感興趣的回轉身去，又再慢慢地轉過頭來，好像勉為其難的用前齒叼來一塊，又故意再別過身去，背着他嚼起來，就是不讓他以為輕易地收買了我！

真好吃，還有沒有？我回轉身去，想多要一點，卻不見了陳 Sir，犬鼻一嗅，他根本就在附近，我汪汪叫了起來。

「嘻，找我嗎？」陳 Sir 從柱角後竄出來，揚起

手中的牛肉説。看他的表情，我猜到他要説的話。

「汪汪，再要再要，烤牛肉。」我的舌頭伸得長長的，口水流了一地。

「哈哈哈，你這個饞鬼。」陳 Sir 又再給我一塊烤牛肉，我開始對他有了好感，尾巴竟然不自覺地搖起來。

聽愛美姐説，她和 Madam 馮最初也感情不佳，因為 Madam 馮曾經向人埋怨她體形最小年紀卻最大，樣子又不漂亮，跟其他伙記所領的又大又靚警犬相比，太相形見絀了。愛美姐一直以為自己漂亮，顛倒眾生，人見人愛，犬見犬愛，想不到慘遭嫌棄！為了這個原因，愛美姐傷心了一段日子，也不理睬 Madam 馮一段日子，但一直以來，Madam 馮卻對她愛護有加，常常自備牛骨和湯渣給她補身，天天帶着她跑斜路鍛煉胸肌，還自掏腰包買了一個名貴私伙狗刷為她梳毛扮靚，更時常為她搔耳撫臉，讓她騎膊馬，人終於感動犬，從此她倆成為好姊妹，形影不離。

我是小犬女，當然渴望有人關心有人疼愛。才第三天，我便俯首藏齒垂尾，甚至乖乖地搖尾表示投降。自尊也不要，更傻兮兮地用鼻子在陳 Sir 忠仔的褲子上磨蹭，還用後腿站起來舔他的臉，接受了他，讓他

進犬舍，讓他為我洗澡吹毛修甲挖耳，有這樣的好兄弟，我還有什麼不滿意呢？不過，警察始終是紀律部隊，警員之間，私下感情無論多好，在工作上仍然階級分明，鐵面無私，所以即使我背後叫他做忠仔，表面上我仍得維護他的威嚴，所以在其他犬面前，我一定尊稱他為陳 Sir。

「來，Nona，我們出去玩。」

嘩，可以出去玩了，我興奮得跳來跳去。舍門一開，二話不說，我便和忠仔賽跑，直奔大草地去。這時上早課的師兄師姐們下課休息去了，大草地成了我們的嬉戲場，我興奮得蹦蹦跳跳地繞着忠仔打轉，並且以半長嘷的吠叫聲催促他拋出玩具，讓我跑去唧回來。

追波波，拾棍仔，真好玩，別看我年紀小小，我眼界奇好，忠仔一擲球，我就發力狂追，當球在半空上勢盡下跌時，我只要後腿用力一蹬，一記上衝，全身凌空拔起，口一張，便將球嚙住。全身犬毛上揚之際，就是我輕盈着地之時，身手之敏捷靈活，看得忠仔目瞪口呆，只管直叫：「好狗，好狗，真是一條好狗。」

唉，忠仔，你錯了，是犬，不是狗，普通的狗，

絕不能跟我們警犬相提並論的。

有時，少年 Lord 囉友也來一起玩耍，我最喜歡跟他玩拾樹枝，我們一起跑，一起噙住樹枝，我們高度和年紀差不多，體力差不多，速度調校到一樣，「一、二、一、二」的跑回來，合作無間，二犬六腿，好玩過二人三足。

還有跟忠仔玩拔河，別看他年輕力壯大男子，我年幼體纖小犬女，跟我玩拔河，忠仔絕不能掉以輕心，他一個不小心，隨時會被我扯倒，因為我會用強而有力的上下顎把繩子咬得緊緊的，絕不鬆口，直至忠仔下了個「掃犬興」的命令：「LEAVE！」我才肯罷休。

忠仔很奸詐，跟我 Nona 露娜玩跳 over，永遠在木欄旁邊走過；跟我玩穿隧道，卻又賴皮只在上面跨過；最好笑是行獨木橋或者爬上十呎高的欄柵，我四條腿，你説多礙事，時常左腿踢到右腿，後腿又碰到前腿；而忠仔只有兩隻腳，行獨木橋卻左搖右擺，像隨時會跌下來的樣子。

我還得鑽入長長的通道，訓練在漫長黑暗中獨自匍匐前進的膽識，最好玩的是爬梯子，和在高掛起的輪胎中飛躍穿過，最莫名其妙的是要跟忠仔到射擊場

去聽槍聲噪音。

　　後來我才知道，這些遊戲，都是訓練課程。嘻，原來特警學堂也講求「遊戲中學習」的。很高興的是，在遊戲中玩得出色高興，忠仔也會獎賞我十分美味的狗餅和牛肉乾。最感動的是忠仔為了跟我交流，竟然學荷蘭文！為了報答他的好意，為了跟他做兄弟，我也努力學英文和中文。不知不覺間，我們成為了形影相隨，打死不離的好兄弟。

　　忠仔告訴我，明天是考試的大日子。

第三章　考試無難度

今天是考試的大日子。

訓練場上，新丁警犬齊集。

「SIT！」

一聽見號令，大家齊齊後股坐下，貼在領犬員的左邊大腿旁，好一支隊伍，一字排開！整齊好看，這就是香港超凡特警的軍容。

「COME！」

十米外的陳 Sir 招手叫我，我 Nona 露娜霍地站起來，向他跑過去，動作利落，絕不含糊，偏偏在這時候，樹上有羣麻雀卻不識趣地俯衝低飛，吱吱喳喳叫嚷道：

「喂，狗仔，狗仔，來捉我們，捉得到，給個錢你買紅棗！」

我眉頭一皺，差點想聳身出擊，把他們一隻隻拍下來，但理智告訴我：要沉着忍耐，絕不能因抵受不住挑釁而停步，也不可狂吠撲擊。我只好奮力衝過那羣麻煩的小東西，專心一致向着陳 Sir 走過去。

「蓬、蓬、蓬」，感覺犬頭碰到一些毛茸茸「暖笠笠」的東西，我知道，一些不知死活的麻雀被撞倒了。

我也無暇理會他們之中有沒有傷亡，走向陳 Sir 完成指令才是我當前要做的。

「STAY！」

聽到陳 Sir 又發出原地停步的指令，我立即煞住腳步，四條腿揚起了泥土，在地上劃上深深的煞痕。我四腿挺立，原地不動，雙眼盯着陳 Sir，鼻上沾滿麻雀的幼毛！

「Good Girl！」陳 Sir 由衷讚美着。

我 Nona 露娜聰明絕頂，時刻表現出色，我要少年當自強，做超班犬，不讓其他老大哥獨尊，尤其是不讓表哥的表哥狼犬和自以為很威很酷的洛威拿犬瞧不起！不讓別的犬小覷我年紀小，更不要讓他們瞧不起我們瑪蓮萊犬！少年出英雄，從來都是正確的！

說來，今天真有點奇怪！

看，遠處有一個人，全副武裝，一身披着厚重的服飾，雙臂上尤其縛上厚厚的袖子，這樣的服飾，行動怎能靈活？他想做什麼？

這個人背向我們，我們看不清他的樣子，只見他

手中揚鞭，「嗖嗖」的在空中作響，叫人叫犬震懾。現場氣氛也的確緊張，犬犬翹首凝望，領犬員人人全神貫注，身上腎上腺素飆升，我隱隱感到一場惡鬥即將爆發了！

我犬頭一仰，咦！空氣中送來熟悉的氣味！犬鼻一索，心中一驚，差點叫了出來……

噢！是他！

我的頭仰得更高了，死命控制住不由自主要搖擺示好的尾巴。

他，就是我最敬愛的「吳督察」！

吳督察今天隆而重之地穿全副「麻布厚質訓練服」武裝上陣，加上手持鞭棒，分明是在扮演目標人物，考核警犬，進行師兄姐口中所說的「出關試」。

他以為自己有魔法還是有後眼？竟然背向我們！十米外，十幾頭警犬正豎尾咧齒，全面戒備，隨時攻擊！

Max 麥屎站在他的通 Sir 身旁，氣宇軒昂，眉目精靈，正在鑑貌辨色，隨時有所行動。

通 Sir 解開犬索，一聲號令：

「HOLD HIM！」

只見 Max 麥屎，四足齊發，炮彈飛車般射出，到

距離目標還有兩米之遙，即縮前腿蹬後腿，一個伸腰彈跳，凌空飛起，直噬目標人物——「嫌疑罪犯」的左臂，牢牢咬住，死口不放！

吳督察奮力提起被咬住的左臂，將近一百磅重的 Max 麥屎整頭拽起，Max 麥屎被拽得犬頭高過吳督察，仍然犬齒緊噬，絕不放鬆。就在「疑犯」手臂勢盡下垂之際，Max 麥屎即乘機用力撕扯，將他拖跌地上。跌在地上的吳督察大喘着氣，揮動手上的軟鞭，清脆利落，「啪啪」兩聲，狂抽 Max 麥屎，Max 麥屎痛得身體抽搐了兩下，但他那副犬齒啊，仍然緊扣，這是警犬在追捕疑犯時遭到襲擊的考驗，一頭好警犬，無論遭到疑犯任何襲擊，也絕不可以夾尾竄逃的。

這時，通 Sir 走上前大喝道：

「LEAVE ！」

Max 麥屎才悻悻然放開犬牙，讓通 Sir 擒住「悍匪」。Max 麥屎的身手，我們一眾依在自己的領犬員身旁的師弟妹，看得目瞪口呆，如癡似醉，犬耳直豎，張大嘴巴，齊齊伸出長長犬舌，口水長流，淌得一地都是唾液。我們犬犬心中喝彩，喝彩，喝彩，很有衝動要拍爛犬掌，亂吠狂嗥。

「DOWN ！」

我們回應「趴下」的指令，齊齊趴下待命。偷眼望向 Max 麥屎，只見經過一番惡鬥後的他，從容坐下休息，大氣也不喘，只是伸出瑪蓮萊犬特長的舌頭降溫。我看在眼裏，敬慕之情油然而生，噢，我愛上了他嗎？

考試結束了，要宣布成績了！

「UP ！」

全體站立，聽取成績。

「很好，今天考試的成績叫人滿意！你們等待指派工作吧：DISMISS ！」吳督察鄭重宣布。

「汪汪，汪汪，汪汪汪，汪汪汪汪……」

全場歡呼聲雷動，長嗥一曲「愛的鼓勵」。想不到吧，犬跟人一樣，也會為考試成功而歡騰！可惜我們沒有軍帽，否則還要拋高帽子三歡呼 hip，hip，hurray 呢！噢哈哈！我愛特警學堂！

遺憾的是，Lord 囉友攻擊一環「肥佬」，稍後要重考。

「喂，囉友，剛才考試，為什麼不狠狠的噬下去？」在回犬舍途中，我和 Lord 囉友並肩而行，趁機問他。

「……」Lord 囉友垂頭不語。

「你到底有什麼困難？我可以幫忙嗎？」我好心追問，想了解情況。

「……」Lord 囉友仍然閉口不言。

「喂呀，囉友，你説話呀！」我心急了，要發怒罵他了。

「你不會明白的了。」Lord 囉友説罷，垂頭別過臉去。

這算怎樣？不理會我了？還是叫我不要再煩他？

哼！我自尊心受損了，於是也別過頭去，追隨忠仔回自己的犬舍，不再理睬他！

試後，一眾考官都説：瑪蓮萊犬，果然服從性強，聰明絕頂，難得的是勇敢堅毅，無論環境多惡劣，工作多困難，都能夠忠心地聽從指令，完成任務。

由於我們瑪蓮萊犬以速度見稱，所以經常被調配到警犬隊中的飛虎隊，執行特別任務。通過考試後，我們全部被編入特種部隊，負責緝毒、搜爆，只是，我們還得先落區接受巡邏犬訓練。

這時，Max 麥屎特意走過來，溫柔地對我説：「Nona，希望有機會合作。」

我未來得及回應，Max 麥屎已經倏地走遠了，和

他的領犬員會合。唉，他就是那麼飄逸，那麼難捉摸！

轉過頭來，正好聽見吳督察特別對忠仔說：

「我看得出，Nona 雖然年紀小，卻是頭超班犬，你看，她體能佳，靈敏度高，嗅覺聽覺不凡，工作態度投入，對長官忠心服從，能準確無誤地執行指令，最難得的是人家用十五星期訓練，她只用十一星期便完成課程，可以執勤了。」

得到長官點名稱讚，我更信心十足，躊躇滿志了！

所謂養兵千日，用在一朝，什麼時候，我可以和我的好兄弟一起，出戰人間道？

第四章　學警出更

可以出外了，可以出外了！

我被派駐北九龍衝鋒隊。

這一天，大清早，忠仔說要帶我 Nona 露娜外出。來到香港這麼久，第一次說可以出巡，我興奮得圍着忠仔團團轉，呦呦叫。

但是忠仔卻不把我帶去大閘門，反而把我帶到一座建築物，叫我在門外等候，然後就不見蹤影。犬天生有過人的嗅覺和聽力，尤其是經嚴格訓練的警犬。我仰起鼻嗅着嗅着，那熟悉的「忠仔味」從一個房間中散發出來。我豎起耳朵，聽到裏面有人移動物品的聲音，忠仔在搞什麼鬼？

這時，吳督察出現了，他打開了門，放開我頸上的索帶，威嚴地下令：「SEARCH ！」

好哇！捉迷藏？看誰逃得過我的犬鼻！

我 Nona 露娜毫不猶豫，迅速鑽入房間，不見人影，空氣中卻有好幾種人體的氣味，我知道房中有幾個人在躲藏着，而在牆角那塊木板後面的，分明就是

忠仔！哦，這麼有趣，玩捉迷藏？還是躲起來考驗我，看我有沒有鼻塞綜合症？好，讓我假裝東嗅嗅西嗅嗅，害他心急一下。忽然，心念一轉，我想到：

「噢，不對，如果今天是一場比賽，或者是另一次考核，要計算時間，那我豈不是自食其果，玩出禍來？」

想到這裏，我立即衝過去，叫道：

「汪汪，我找到你了，汪汪，還不快些出來？」

狡猾的忠仔就是紋風不動，我急忙的用前腿移開木板，木板後面是一張桌子，忠仔就躲在桌子下，還用兩張椅子作遮擋。

唉，人類就是老愛自作聰明，犬，是用鼻子，而不是用眼睛搜尋的，管你遮遮掩掩，瑟縮躲藏，還不是一下子把你嗅出來？！這些日子以來，我接受了警犬全科訓練，既通過服從性考核，還在巡邏、攻擊、緝捕、搜查毒品和爆炸品各科目中，以優異成績過關，對我的工作能力，長官們絕不用懷疑哩。

「好，只用了三十秒，表現出色，搜捕科成績優異，可以帶出去了。」吳督察這樣說。

嘻嘻，好哇！學警要出更呀！這是我 Nona 露娜犬生第一等大事！

在學堂的經驗，可以真正派用場了！我憧憬着出街執勤的機會，幻想着盡忠職守，街上巡邏，威風八面，壞人膽喪的場面。

警察到街上巡邏叫「行 beat」。

想不到，真的想不到，第一次「行 beat」，我 Nona 露娜就⋯⋯

外出前，忠仔蹲下身來，雙眼望着我 Nona 露娜，千叮萬囑説：

「Nona，一會兒外出，記住要乖，緊跟着我，不要亂吠，知道嗎？如果人們伸手摸你，要快快活活地任由撫摸；小孩子來拉你的尾巴，要忍耐，不要吠叫，不要嚇人，更絕對不要噬人。喂，伙記，要友善，要親民，親民呀，OK？亂吠會被投訴，咬人要坐牢，記住！記住！記住！還有我是陳 Sir，不要再叫我做忠仔。」

他怎知道我叫他做忠仔？看他一臉嚴肅，不是鬧着玩的，我伸出了濕潤的舌頭，直舔他的臉，應道：

「汪，Yes，Sir！」

陳 Sir 帶着我 Nona 露娜在街上，不徐不疾地踱步。

嘩，只見街上人頭湧湧，兩條腿的人步履匆忙，走得比我四條腿的還要快，我 Nona 露娜被夾在快速

擺動震顫的人肉腿中，只覺眼花繚亂，心驚肉顫。最恐怖的是馬路上車來車往，川流不息，車聲隆隆，響號聲此起彼伏，噪音震天，臭氣瀰漫，加上天氣炎熱，悶熱污染的空氣濃濃地混着地面揚起的塵埃、冷氣機的熱氣、香煙的懸浮粒子、人的汗臭和車輛廢氣，薰得我渾身不適，心跳加速，鼻子痕癢，頻打噴嚏。陳Sir卻像不理解般瞪着我喝令：「QUIET！」

這叫我更緊張得要死。我緊貼着陳Sir的大腿，不敢輕哼一聲。人緊張時腎上腺素上升，身體會分泌出緊張荷爾蒙，我嗅到陳Sir身上的緊張氣味，再看他面容繃得緊緊的，看來他的情況也不比我好到哪裏，我學警第一次出更，莫非他也是學警出更？

第一次出更，害怕之中也實在帶幾分興奮。

咦，前面有一個紅色的、胖胖的、蹲坐在路旁的傢伙，尖尖的嘴巴還在淌着水？「汪！」這是什麼？我止住腳步嗅一嗅，鹹鹹的，有海水的味道，也混和了許多其他貓狗甚至老鼠蟑螂的屎尿味。這時，忠仔為了緩和自己的緊張情緒，做起導遊來：

「傻狗，這是消防栓，用來救火的。」

唉，叫他別叫我做狗，不要將我和普通的「四腳仔」相提並論，我們特警部隊全是「犬」，警犬！他

老哥總是忘記，尤其是他忙亂之時。

為了記認巡邏路線，我翹起左後腿，在上面撒了尿，通知其他警犬兄弟姊妹和街狗我來過。

「汪！汪！」又一個橙色的桶形物體，傳出陣陣惡臭，上面還在冒煙，訓練中我學過，有煙即是火警，我倏地緊繃全身，高高昂起頭來，望着陳 Sir 通報：

「汪汪，有火，有火，要救火！」

怎知陳 Sir 不會意，還取笑我說：

「傻狗，這是煙灰缸垃圾桶，上面有些燃燒冒煙的煙蒂，難怪你以為是火警。好，也算狗醒目，記一功。」

唉，又來了，又來了，開口狗，閉口又是狗，陳 Sir，你真真⋯⋯「好狗」！

「汪！汪！汪！汪！」

馬路旁一條高高黑黑的瘦個子，樣子好恐怖呀，頭上兩隻眼睛竟然不是左右對稱而是上下直排的！更恐怖的是上面一隻眼紅色，下面一隻卻是綠色！紅色閃亮時綠色那一隻會變黑，到綠色閃亮時紅色那一隻便變黑。這到底是什麼東西？我害怕得擠向陳 Sir 往後退。

「你這鄉下妹，大鄉里出城呀？這是行人過路

燈，指示行人過馬路的呀，連小朋友也知道紅公仔閃動是停，綠公仔亮起是行呀。正超級鄉下妹！」陳 Sir 說笑道，還吩咐我說：

「喂，別吠個傻兮兮好嗎？」

我垂下頭，有點洩氣，超級鄉下妹？我堂堂警犬，大街大巷，說成是超級鄉下妹？我像嗎？好！我就一定要幹出成績給所有人看！

就在這時，我 Nona 露娜看見街角一條流浪狗，正在垃圾桶旁找吃的。

「汪，你好嗎？」我故意和他打招呼，免得繼續聽陳 Sir 的囉嗦。

說時遲，那時快，那條「生滋」流浪狗突然撲上前，對着我和陳 Sir 狂吠，還齜牙咧嘴表示挑釁。我連連後退，溫和地對那傢伙說道：

「你不要緊張，我們是警察。」

「哦，警察？警察又怎樣？警察就了不起？你是警察，那我是便衣！CID！」

「着！你是便裝警察 CID？哪一組的？」

「走開！遠遠走開！休想來搶我的地盤！」

「什麼？ CID 有地盤？」

他不再理會我，卻匆忙地聳身跳高，半空中轉一

個身，頭下腿上，蹬起後腿，巴啦巴啦勁射出高高的尿。噢！是個男的！這傢伙，為了向我示威，為了自封為這裏的王，竟然不知害羞，當眾發「高射炮」——撒尿！

「汪！汪！汪！汪！」「生滋」流浪狗撒完了尿，又再虛張聲勢吆喝示威。

這喪狗，認真無聊可笑！

剛巧，一個路過的小孩被流浪狗的吠聲嚇得哭了起來。他的媽媽憤怒得指着陳 Sir 大罵道：「你做什麼領犬員呀？為什麼不控制你的狗呀？讓他們亂吠嚇壞小朋友呀？！」

呀呀呀，明明是那隻流浪狗闖的禍，怎麼算到警犬頭上來？

陳 Sir 拿那兇惡女子沒辦法，只好喝令我說：

「SIT ！」然後把狗帶給我叼着，讓我閉口不能作聲，吃了這隻「死貓」，我氣得喉頭嚶嚶的響過不停。那隻害人害犬的傢伙卻在一旁咧嘴奸笑！

第一次出街，犬眼看世界，新奇的事物多到數不清。聽說愛美姐初次由 Madam 馮帶上街，也是大出洋相。看見街上人流，害怕得躲在 Madam 後面，瑟縮不前。Madam 收緊犬索，她畏縮地依在 Madam 馮

身邊，任由 Madam 拖着前行。忽然路上有車響號，她便死命要向後退，要 Madam 馮好言安慰，才肯緊貼在 Madam 腿旁小步前行。愛美姐上街最奇怪的舉動是老愛四處張望，一看見有外國人便定睛盯着，甚至要跟隨人家走。Madam 馮跟陳 Sir 説：

「看她，以前的主人一定是老外，外國人！」

街上途人也真奇怪，人眼看犬，反應各有不同：

有人看見我們好像見鬼般左閃右避，原來，香港其實有許多人是怕犬的。最誇張的是一個胖大嬸，一見到我，肥厚的雙手便在胸前狂拍尖叫：

「哎，拖這麼大的狗逛街，想嚇死我嘛！」

「哎吔，見你這個高音肥大嬸，也嚇死我呀！哼！」我心裏回應道。

漂亮的少女們愛停步注視，對我指指點點，嘖嘖稱讚：「很漂亮的警犬呀。」還伸出手來撫摸我。

少女們分明是愛犬愛到傻，我立即向她們伸舌搖尾，逗得她們緊握雙拳，放在下巴上，嬌聲説道：

「唷唷唷，好可愛唷！」

我 Nona 露娜連忙咧嘴伸舌傻笑，表示討好，陳 Sir 輕輕的踢我一腳，表示警告，叫我不要得意忘形。

其實，愛美是動物的天性，美少女愛美警犬，美

警犬愛美少女，同美相吸嘛，還有，親民嘛，有什麼不對？我就不相信陳 Sir 不愛美女！

擾攘一番，忽然看見一隻冒失鬼朝我們的方向衝過來，「汪汪，停下來，警犬在此！」冒失鬼煞停腳步，見到我頸圈上「POLICE」的字樣，驚魂甫定，喘着氣説：「汪！我要報警！我要報警！」是一隻唐狗。

「汪！什麼事？家中有賊？還是自己做了壞事被追打？」看他也戴上狗圈，還拖着狗帶，分明有主人。

「我剛坐了直升機，差點被勒死，他們簡直想謀殺！汪汪！」

「什麼坐直升機，想謀殺，語無倫次！説清楚點。汪！」我發覺他的狗帶是扯斷了的，立即提高警覺性。

「汪！好恐怖！好恐怖！」看來他真的被嚇破膽了，一定有什麼事發生在他身上。

過了好一會，他情緒穩定下來了，才能夠比較清楚地交代「直升機事件」：原來他的主人愛用狗帶把他吊起來，然後用力擺動他的身體，讓他在上面兜圈旋轉，叫做「坐直升機」。旋轉的力度不但使他頭暈腦脹，更扯緊了那條狗帶，令他差點窒息。他奮力掙扎，扯斷了狗帶，逃了出來。

就在這時候，有兩個人，一大一小的男子從老遠跑過來。

小的大叫：「旺財，回來！」

大的呼喝：「衰狗，回來！不回來看我打死你不！」

剛坐完「直升機」的旺財一驚，拔足就跑，那男的繼續唬嚇：「衰狗，你不回來，看我不噴你檸檬汁！踩你腳趾！用狗帶鞭死你！」

嘩！簡直濫用酷刑！

我 Nona 露娜挺立路中心，高高昂起頭，張口呲齒，目露兇光，盯着追來的兩個人形物體，嚇得他們煞停腳步，愣愣的站在我前面，面無人色，不敢前進，又不忿後退。過了好一會兒，那大的拉着小的手，氣喘吁吁地說：

「小心，那警犬好像想發瘋！」

然後，一大一小，深深不忿地掉頭走了，一路上那大的還咬牙切齒地說：「那衰狗敢回來，一定亂棍打死牠！」

我 Nona 露娜轉頭遠望，旺財已經走得無影無蹤了，但是，他離家出走以後，又會有什麼遭遇呢？一隻流浪狗，無人收養，沒領狗牌，又會有怎樣的下場呢？

想到這裏，我不由得打了一個冷顫，不自覺地更緊緊依偎着忠仔，仰起頭呲着嘴望向他，忠仔正斜着嘴角對虐狗暴龍兩父子冷笑，我知道忠仔也不值他們所為，於是放膽向着他們狂吠，忠仔慈愛地輕撫着我

的頭説：

「正傻妹！」兄弟之情盡在不言中。

才轉到街角，又遇到一個頑皮鬼對着我叫道：

「請請，做請請。」

他把雙手放在胸前，伸出舌頭，口裏説：

「汪汪，請請。」

看來六、七歲的他不知犬隻有許多品種，犬格有好有壞，犬性有馴有兇，有如人的一樣米養百樣人。雖説警犬是市民公僕，任勞任怨，他也不能把警犬當玩物哩！而且犬性難測，防犬之心不可無，對着森森犬齒，他豈能完全沒有戒心？陳 Sir 怕我興奮失控，緊緊扯着犬索，我斜着眼沒好氣地看着小鬼頭，正好他的媽媽氣急敗壞地從後面趕上來拉他走：

「你真頑皮，小心那狗咬你！」

這位太太真是的！不但誣蔑我們警犬咬人，更是犬狗不分，降低犬格！

「警犬是忠的，不會咬人！」頑皮鬼不忿地為我們辯護説。

多謝頑皮鬼對警犬的信任。

問題是，警犬真的全是忠的嗎？都不會咬人嗎？

第五章　血的教訓

「快，叫白車，流了許多血！」

香港人習慣叫救護車做「白車」。

在特警學堂，設有醫療室，有當值醫官，普通損傷可以由他處理。這次這樣緊張要召救護車，一定發生了事故，而且是嚴重的事故。

醫療室一片混亂，只見人頭晃動，腳步聲沓雜，空氣中瀰漫着緊張的氣氛，更詭異的是，混雜了血腥氣味！這使在門外排隊等候身體檢查的我們也心情緊張起來，警官們下令：

「STAY！」

大家噤若寒蟬，不敢輕哼一聲。幸好忠仔在我身邊，知道不是他出事，我大可放心。

「汪汪汪汪汪汪……」醫療室中，傳來一頭瑪蓮萊犬不停狂吠的叫聲，吠聲淒厲，叫犬打從心裏寒顫。警犬的聽覺和嗅覺都極為敏銳，人類聽不到的聲音，我們警犬聽得到；人類分辨不出的氣味，我們警犬也分辨得到，這是師姐芝達的叫聲！

　　一位警官從醫療室衝出來，陳 Sir 抓緊機會問道：
「伙記，發生什麼事？」

　　「梁醫官被噬傷哩！」

　　「哪一頭？」

　　「芝達。」

　　芝達噬人？！

　　我們面面相覷，大感愕然！

　　怎可能？

　　荒天下之大謬！

　　芝達噬人？！

　　有「親善之犬」之稱的芝達姐噬人？

　　還記得我 Nona 露娜的師姐芝達嗎？她是第一頭
向我親切微笑，温言軟語安慰我的雌性警犬。正因為
她的和藹友善，使我好像見到媽媽，鄉愁頓減，也令
我對香港特警隊留下第一個好印象。

　　為什麼不是整天將「咬死你！咬死你！」掛在嘴
邊的 Tyson 泰臣？

　　為什麼不是老奸巨猾的 Dyan 阿歹？

　　為什麼不是孤僻冷酷的 Hilton 希爾頓？

　　為什麼偏偏是善解人意的芝達？

　　沒可能！

　　她是這麼一頭對犬待人，都忠誠友善的警犬，怎會咬人？沒可能！

　　醫療室內，芝達的口正緊噬梁醫官的臉，牢牢不放，牢牢不放！梁醫官痛極倒地，芝達仍然嚙着他的臉，絕不放口，就像要置他於死地般！這邊廂芝達的領犬員李 Sir 撲身上去怒喝，還雙手用力要掰開犬嘴，好不容易令芝達鬆開犬牙，其他人立即蜂擁而上，有些協助「制服」「惡犬」芝達，一些則將滿臉鮮血的梁醫官扶起，抬到牀上，七手八腳的要為他止血。那邊廂早已有人衝到電話旁用緊急直線召喚救護車。

　　梁醫官傷得實在太恐怖了，他的頭部被咬至血肉模糊，額頭、面頰、眼角、上唇出現一個個血洞，鮮血汩汩湧流。

　　幸好這兒是醫療室，急救用品齊備，但嚴重的傷勢使平日英偉的梁醫官痛極呻吟。

　　芝達呢，雖然被拉開了，卻狂吠不已。她的領犬員李 Sir 急得滿臉通紅，大聲喝道：

　　「STAY！QUIET！」

　　失去常性的芝達對指令置若罔聞，仍然叫吠不停：

　　「很痛呀！很痛呀！」

到底她覺得哪裏痛呢？還是什麼弄痛她呢？

好幾分鐘後，也許她的情緒慢慢平服過來了，又也許她叫吠得疲倦了，吠聲終於漸漸微弱了，最後，靜止了。

大家都知道，今回芝達糟糕了！她闖大禍了！

我心急如焚。到底是什麼令她如此憤怒呢？

芝達一歲半，雖然仍然算是警犬隊中的「新丁」，但已經完成十五星期的巡邏警犬訓練，當然包括襲擊訓練。

我們犬隻，用嘴裏的牙齒，表達感情和自保，可算是與生俱來的本能，但我們時常努力和人類溝通，努力學習服從指令，我們愛好和平，能夠不衝突就不要衝突，能夠不噬人就絕不噬人，尤其是我們警犬，飽受訓練，以能夠加入警隊大家庭為榮。真的，請相信我們，若非是到迫不得已的情況下，我們絕對不會咬自己人，尤其是對警隊裏尊貴的長官。

咬噬我們的上司領犬員，是反叛不服從的行為，一定會遭到處分；如果咬的是長官，後果更嚴重，小者判坐牢，重者被迫退役，終生不可再加入特警部隊。還有，如果發現犬隻心理有問題，對人類安全構成威脅，就將被處以極刑——人道毀滅，死路一條！

聽説是打你一針，讓你去得不會痛苦云云！症狀比較輕的可能被迫退役，離開警犬隊，問題是要有愛犬者收養，才可以安享晚年，如果沒有，下場將會如何呢？狗臉的歲月，真教我不敢想像。

「嘎！」救傷車未到，囚犬籠車先至，芝達被強行拖出醫療室。可憐的芝達，四腳撐地死命要向後退，警官們卻毫不留情地將她扯出來，頸上犬索被扯得緊緊的，我們看得心膽俱破，膽子較小的早被嚇得嚶嚶的哭了。

「芝達姐，發生什麼事？」我 Nona 露娜心急如焚地問道。

可憐脖子上被勒上最粗型的犬索，嘴上被套上最重型號口罩的她，還能説話麼？只見她轉過頭來望着我們，兩眼通紅，滿布血絲，身體一陣陣顫抖，流露的是無比的驚惶畏懼中帶着怨忿之情。

芝達被關進鐵籠，雖然不是傳説中令警犬信心盡喪的「犬喪籠」——一種專用來囚犬的特矮鐵籠，矮得令你不能夠站起來，不能夠伸腰，一豎耳，耳朵也跑到籠子外面去的鐵籠！

「咔嚓啪啪啪啪！」囚籠的門被重重關上，被緊緊地上了鎖。芝達趴在鐵籠裏，幽幽的伏着，喉嚨深

處發出嗚嗚低嚎，眼中充滿淚水，希望主人能夠從她的低泣中讀懂她的心事，了解她的委屈。我看見她的境況，也不禁內心一酸，悲從中來，熱淚盈眶。

這邊廂，警官們如臨大敵，領犬員李 Sir 面如鐵色，額上青筋暴漲，自己的警犬咬人，他要負上責任嗎？

「芝達，你幹什麼？」

「到底發生什麼事呢？」

我很擔心芝達，想跟着她向她問個明白，但警令如山，我是頭受過嚴格訓練的警犬，被勒令肅靜坐下，我不能、也不會破壞紀律。我只能用焦急的眼神和心傷的眼淚，向她表示我的關心。

每一次完成訓練，警犬們都要作例行健康檢查，看看毛色，檢查有沒有生蚤或皮膚病；扯扯耳朵，看有沒有積水和發炎；揪揪趾甲，檢查有沒有損破；也量體溫。

警犬量體溫，跟人類探體溫一樣，將探熱針插進肛門，錄數據。

就在梁醫官彎腰弓背將探熱針插進芝達姐的肛門，要為她量體溫時，芝達突然狂性大發，反身撲起，一張口，就咬梁醫官的頭，醫官閃避不及，半個頭埋

在犬口中，他越是掙扎，鮮血就越向外湧，在場眾人驚惶大叫：

「芝達，你幹什麼？」

「芝達，LEAVE ！」

「芝達，SIT ！」

「芝達，哇……」

吆喝、下令、指責……什麼說話都有——芝達，卻仍然死口不放。

說真的，插探熱針，雖然不好受，但也不會太痛，到底是什麼原因令本來溫柔友善、通情達理的芝達性情乖變呢？

梁醫官是經驗豐富的警犬專家，因為愛犬，尤其對訓練警犬深感興趣，所以特別向上級申請到警犬隊工作，是警犬隊中的醫務警長，警犬對他真是又敬又怕，敬的是他照顧我們健康，怕的是每次見他都被又摸又拉又插東西，有時更用針刺痛我們，使我們感到很不舒服很難受，很「難頂」就是了。

「嗚嗚嗚嗚嗚……」，救護車來到了，梁醫官被急送醫院，聽說情況十分嚴重，要縫許多針，留醫一段時間。

香港報章怎會放過這件警隊「醜聞」？第二天，

各大小報都以大字標題大肆報道——

「**警犬狂性大發，警長慘被咬傷**」

「**警長被癲狗咬噬，傷重垂危**」

最誇張的大字標題是：

「**魔犬發狂，警長眼爆口裂，嗚呼！**」

校場上，西山日落，暖和的秋日在小草頭上灑滿金光，秋風送來陣陣清涼，忠仔坐在草地上，我耳朵耷落，尾巴下垂，雙腿搭在他肩上，犬臉擦在他臉頰上，聽忠仔讀報。

老實說，我們警犬，沒有一頭愛見醫官。

一時又挖痛你的耳朵，所以我們見到棉花棒就想咬！

一時又會用針刺你，所以我們見到針筒就會縮！

有時又硬抓着你的頭強餵你吃一些你不想吃的如酸臭馬尿的液體，所以我們一被抓着頭後仰就想狠狠的噬！

但我們被教導：無論發生什麼事，優秀的警犬就是要服從，服從，服從！

芝達姐到底為什麼失控，自毀前程呢？

我 Nona 露娜聽到的故事是：那天，芝達姐在訓練場受訓，跳高嚙球下地時，不小心誤踏不知哪裏鑽

出來的一隻龜，後腿一扭，以為沒有什麼，事後走路不覺得痛，也不用一拐一拐的，所以她自己以為沒事，她的領犬員李 Sir 也不察覺她受傷。怎知一躺在醫療室牀上，當戴了白膠手套的梁醫官為她檢查，將她的腿提起，要插入探熱針時，那一條受傷的腿，使她立即感到陣陣裂心撕肺的痛，一時情急之下，自然反應就是轉頭就咬，狠狠的、狠狠的噬下去，犬嘴將正俯身低頭要插探熱針的那個頭噙個正着！

特警學堂忽然冒出一隻龜？

龜的硬殼弄傷了警犬的腿？

受傷的警犬痛極咬噬醫官？

這種荒謬怪誕的故事，人類怎會想像得出？說出來他們又怎會相信？

聽說她當時沒有責怪那隻龜，反而是那隻龜厲聲罵她道：

「喂，老友，小心，你以為龜殼頂千斤呀？」

芝達的失控豈非很冤枉？芝達的受嚴懲豈非很無辜？

我們知道真相後，只覺得「得啖笑」，可是想笑卻笑不出來，反而有種無奈的感覺。

芝達姐如果覺得被弄痛了，為什麼不先吠叫警

告？

　　説來容易。她善良，服從性強，只要忍受得來，仍然願意被按在醫療牀上任由擺布，但痛楚一來，情急之下，只怕沒什麼犬隻能夠先示警，後行動。

　　唉！人與人之間的了解溝通尚且不容易，更何況是人和犬？

　　後來，我曾經在草地上搜索，想找出那隻肇事的傢伙，以還芝達姐的清白，只可惜龜跡杳然，不知他躲到哪個龜洞，也不知他是否傷重而亡！

　　其實，警犬咬人，芝達並不是第一頭，也不是絕無僅有的一頭。

　　受訓超過四年的 Dyan 阿歹，一次上街巡邏後，被命坐在廣場的一角休息。一名十一歲頑皮男童，因為好奇，走近 Dyan 阿歹，望着他扭屁股，還挑釁地說：

　　「有膽就追我呀，蠢笨無膽狗。」

　　被嘲蠢笨狗，又被指為無膽，Dyan 阿歹當然很不高興，但她是一頭飽受香港警犬隊良好訓練的警犬，更是警犬隊中的第一大奸犬、大家姐，絕對不會做愚蠢的事，對頑皮鬼的挑釁，她冷眼以待，牽嘴冷笑，無動於衷。

此時，頑皮鬼走到她的領犬員姊妹 Madam 容後面，擺出拳打腳踢的姿勢，在 Dyan 阿歹的角度，她看到一個此可忍孰不可忍的景象——自己的姊妹被襲擊！好一個 Dyan 阿歹，犬軀繃緊，犬尾豎起，蓄勢待發。此時，男童忽然扭着屁股走到 Madam 容前面，Dyan 阿歹視線被阻，腦中一閃，出現的是學堂裏的「追逐疑犯」一幕，於是一聲「我追！」閃電般撲向頑皮仔，咬住他的手臂……

在小孩的嚎哭聲，四周看熱鬧的人的驚呼聲中，她似乎聽到 Madam 容喝令她：

「DOWN！DOWN！」

可是，這時候的 Dyan 阿歹心中卻只想道：

「未解決！未解決！」她毫不理會那隱隱約約的指令，誓要擒住「疑犯」。

只是，Dyan 阿歹付出的代價太大了，她被關進鐵籠中，送到警犬學校，最後被判隔離觀察，坐牢七個星期，然後還得接受再重新培訓。

Dyan 阿歹是一隻狼犬，毛色華麗，耳朵豎立，眼神充滿自信，站立時氣定神閒，快跑時姿勢優美。她今年五歲，服役四年，獲獎無數，名震天水圍，有「天水圍罪惡剋星」之稱，從未誤會過指令，更從未追錯

人。平日，她也愛和小孩子玩，警民一家親，深受兒童喜愛，這件事之後，「天水圍英犬」變成人見人怕的「天水圍狗魔」了，連那一區的流浪狗也取笑她，說要向她臉上射尿云云。

Dyan 阿歹在警犬隊中地位崇高，連洛威拿犬 Tyson 泰臣也敬她三分，發生令警隊丟臉的事，她當然感到很難過，被罰坐牢，更使她覺得無地自容，表現得滿懷抑鬱，無精打采，對 Madam 容也似乎不大理睬，她的態度分明是說：

「我為了救你，你卻恩將仇報，竟然把我關在這犬牢中，我還怎可以相信你？」

有人以為警犬飽受訓練，不會咬人，錯了，大錯特錯了！

前有 Dyan 阿歹，後有芝達，近有機場緝私犬咬人，警犬噬人事件簿，相信以後陸續有來。

警犬也是生靈，跟人一樣，有性格有情緒有愛惡，如果眾生平等，人可以打犬，表示警誡，也可以大快朵頤吃「三六」（廣東人稱狗肉做「三六」），那麼，犬又為什麼不可以咬人，宣洩不滿？

不過，我們犬類即使有不愉快的遭遇，也總能夠以犬類獨特的樂觀精神擺脫悲傷，重新投入生活，我

們流的是活力和忠心的血，我 Nona 露娜相信，芝達和 Dyan 阿歹一定可以回復以前的颯颯英姿！

「喂，Nona，你不會發狂咬我吧？」忠仔忽然摟着我，情深款款地看着我問道。

「汪，你這個傻仔，大家兄弟，打死不離的好兄弟，我怎會做這種事？！汪汪！」我把臉貼着忠仔的臉，熱情地舔他臉頰、下巴、鼻子、耳朵，連他的嘴唇也不放過，以證明我對他的愛。忠仔忙不迭地抹走唇邊我的口液說：

「哎唷，夠了，夠了，你這傻妹⋯⋯」

後來，我 Nona 露娜才知道，醫官們診斷 Dyan 阿歹患了狂躁病，芝達則得了嚴重抑鬱症。

真正的犬世界，人類，又知道多少？

話說回來，警犬工作繁重，責任又大，也難怪她們有時表現失常吧？

但願她們快點復元，重新投入工作。

「Nona，Nona，我出勤哩！我出勤哩！」

說話的是誰，想必大家都知道。這傢伙要出勤，與我何干？為什麼要特別通知我？

第六章　不要放狗！

港島南區多富豪高官住宅，人所皆知。

豪宅容易招惹鼠竊狗偷，理所當然。

於是，警隊被要求多巡邏豪宅區，嚴防偷竊打劫案。

最近，南區紅山半島頻頻發生爆竊案，竊匪十分狡猾，做案手法高明，警方至今還未能人贓並獲。姚Sir奉命帶領Tyson泰臣到那兒一帶巡邏。

還記得我初到貴境，那頭向我施下馬威，兇神惡煞，齜牙咧嘴唬嚇我說：「不要過來，不要過來，有膽過界，有膽過界，咬死你！咬死你！」的洛威拿犬Tyson泰臣嗎？

最初我以為他原本叫Taisan泰山，不過因為好大喜功，好勇鬥狠，自詡身手不凡，武功蓋世，威震四方，打遍天下無敵手，才故意以拳王泰臣自居！後來才知道他在警隊中真的叫Tyson泰臣！

唉，人與人之間有誤會，犬和犬之間又何嘗不是？

　　Tyson泰臣體格強健，性情兇猛，樣子嘛，橫看豎看，當然都不及我們瑪蓮萊犬好看。他的相貌奇特，有洛威拿犬天生黑面，而且全身覆蓋了濃密短毛，色澤烏黑，十分亮麗，在黝暗的黑夜，伏在山頭路上，根本就像穿了隱形戰衣，沒一對肉眼可以看到他。他的眼睛也是烏黑黑的，和臉上烏黢黢的毛色混在一起，如果光線不足，驟眼根本就看不到他有眼耳口鼻，可是當他瞪起那對冷光四射的大眼，露出陰森森的犬牙，立即又變成一頭魔鬼警犬，叫人膽顫心驚！但是，造物主的心思也真奇妙，在他烏黑黑的眼眶上，竟然放了兩小塊啡色「圓蓋」；更奇特的是，在他的嘴角和下巴，勾畫出兩線啡色「口水肩」，兩條前腿上方又有兩圈左右對稱的「啡雞蛋」，加上套着四條啡色管的腿，對稱又惹人注目，可也成為城中笑柄。

　　曾有路人甲指着他的腿取笑他道：「看，那隻拳師狗穿了四隻啡色靴。」

　　路人乙忙不迭附和地說：「拳師狗是最好的警犬，這是他的拳套。」

　　然後，路人丙衝着Tyson泰臣說：「喂，汪汪，你好功夫唄！」路人丙真不知死活，竟然膽敢挑釁

Tyson 泰臣！如果 Tyson 泰臣不是訓練有素的警犬，早在他腿上囓開幾個洞！

人類總愛「識少少扮代表」，Tyson 泰臣是一頭純種的德國洛威拿犬，別小覷他體形只屬中等，他體格強健，性情倔強兇猛，能不怒而威，也很自我中心，絕對惹不得啊。

作為工作犬，他的優點是擅長搜捕，護衛出色，搏擊稱王，跟拳王泰臣一樣所向無敵。他爆炸力強，能快速投入工作，效率奇高。他現在五歲，飽受訓練，當差三年，屢立戰功，是警犬隊中的大明星，論功績，警犬隊中無犬能及。

這一天，姚 Sir 帶着他到赤柱一帶巡邏，一人一犬一天一地一街一巷，看一草一木一磚一瓦一燈一柱，一派優悠自在。Tyson 泰臣和他絕對信任的主人姚 Sir 一起，心情舒暢，步履輕快，許多時仰起頭望着主人，傻笑討好，表示忠貞不渝。

忽然，空氣中飄來似曾相識的氣味，對！是昨天在紅山半島查案時嗅過的氣味！犬頭一仰，對準氣味方向狂吠，說時遲，那時快，「嗖」的一聲，一部凌志房車飛馳駛過，姚 Sir 發現，這車的外形跟在案發現場閉路電視攝錄的影像十分相似，他立即拿起無線

電話通知同袍支援，自己則和 Tyson 泰臣沿着氣味去處追蹤而去：

「Tyson，Let's GO ！」

天色已經漸漸暗下來了，Tyson 泰臣將姚 Sir 帶到在大潭篤一處隱蔽凹角，他們發現了賊車，姚 Sir 後退了一步，右手按在槍把上，一手解開犬索，命令 Tyson 泰臣：「SEARCH ！」

Tyson 泰臣一個箭步衝前，繞着汽車轉了一圈，「汪汪」，輕聲表示車上沒有人，姚 Sir 上前，看清楚車廂內前後情況，不見人影，車門沒鎖上，甚至未關好，車尾箱門虛掩。不上鎖的車更容易引人注意，惹人懷疑，賊人不鎖上車門便離開，分明是時間不足，倉皇逃遁，而且車尾箱門打開，可見有東西要搬走，可是，人呢？ Tyson 泰臣知道，任何案件，追查疑兇最重要，他的犬鼻在車廂內使勁嗅呀嗅的，已經掌握到氣味特點。

大潭篤中有一條僻靜的小村落，沒幾戶人家，白天已經不多看到人，入夜後更人跡罕至。村後有濃密樹林，直通大水壩。那處雜草灌木叢生，無路也無燈，加上今晚星月黯淡，四周漆黑一片，伸手不見五指，搜捕的確有困難。

好一個 Tyson 泰臣，犬鼻時而貼地聞嗅，時而高仰，迎着隨風飄來的氣息。由疑犯的皮膚細胞、汗水和分泌所形成的隱形氣體，隨着空氣流動，形成一條氣味路徑，吸引着 Tyson 泰臣沿氣味軌跡，直向樹林方向走去，在茂林邊緣，他猛然停住，翕動鼻翼，全身每一塊肌肉繃緊，毛髮豎立，尾巴陡地豎立起來，他回頭看看姚 Sir，並且哼哼地大聲地噴着鼻息，努力壓抑興奮之情。姚 Sir 知道他有發現了，他用電筒照照腕錶，再用電話聯絡支援隊，知道他們快到達了，於是決定放 Tyson 泰臣進入樹林中搜索。

「Tyson，SEARCH ！」

Tyson 泰臣二聲不吠，躡手躡足，黑色魅影，無聲無色地躧躧而去，進入樹林，在灌木叢中，隨着濃烈的氣味路線，屈曲着強而有力的四肢，匍匐前進。

萬籟俱寂，四野無聲，但 Tyson 泰臣清楚知道，目標氣味就伏在不遠處的矮樹叢下，他嗅到疑匪全身顫抖，緊張荷爾蒙劇烈上湧，散發到空氣中。

「一個怕犬怕得要死的匪類！一個怕犬怕得要死的匪類！膽小如此，膽小如此，又有膽去做賊！又有膽去做賊！一會兒讓我捉到你，一會兒讓我捉到你，一定咬死你！咬死你！」Tyson 泰臣一邊悻悻然地盤

算着，一邊留心地嗅索。

唔，正前方匿藏着一個，左前方四十五度角位置又有一個。

好一個 Tyson 泰臣，故意放緩腳步，等待時機。儘管四周一片黝黑，但你們不用擔心，因為引導他的不是眼睛，而是犬隻特有的靈敏嗅覺。

村落中腳步聲雜沓，伙記們到了，Tyson 泰臣知道，時機已到！ACTION ！

只見他聳身一縱，從樹叢下撲出，直噬匿藏者的手臂，咬得他呱呱大叫救命，兩腳在地上亂踢，哭叫求饒：「不要咬！不要咬！」姚 Sir 和伙記們循聲趕到，即場逮住疑匪。

解決了第一個，Tyson 泰臣一個轉身，正要對付另一個時，已見對方雙手舉起，步出草叢，用幾乎哭泣的聲音顫聲哀求道：「不要放狗！求求你不要放狗！」Tyson 泰臣故意向他狂吠唬嚇，還齜牙咧嘴，露出尖森森的犬牙，賊人被嚇得雙腳一軟，「撲通」一聲癱跪到地上，這時，Tyson 泰臣靈敏的犬耳聽到水滴在草上的聲音，敏銳的犬鼻嗅到尿味，Tyson 泰臣嘴角和下巴的啡線向上牽動，Tyson 泰臣笑了，笑那個傢伙被「魔鬼兵團」嚇得屁滾尿流！但他沒有絲

毫鬆懈，故意一直豎直耳廓，恣張頸毛，盯着兩名賊人高聲叫吠，直到伙記們一擁上前，將他們扣上手銬，叫他們無所逃脫才住聲。

姚 Sir 輕拍着 Tyson 泰臣身體，表示讚賞。Tyson 泰臣滿足地張嘴伸舌，抬頭望着姚 Sir，哈哈呼氣，兩耳後貼，嘴角後拉，咧着嘴傻憨憨地笑了。

稍後，警方在附近山邊搜尋到多隻腕錶、名貴花瓶和手提電腦，懷疑是紅山半島爆竊案的贓物。

姚 Sir 對 Tyson 泰臣，還有意想不到的獎勵。

姚 Sir 帶領 Tyson 泰臣，已經超過三年，姚 Sir 初見 Tyson 泰臣時，被嚇了一跳，眉頭緊皺，心中暗忖：

「老天！這是一頭狗還是一隻豬？」

體重達五十公斤的 Tyson 泰臣，簡直是一隻肥大「豬狗」，姚 Sir 看在眼裏，很懷疑他能否勝任特警的工作。他不敢在 Tyson 泰臣面前說，他知道，精靈的警犬能夠明白你的說話，讀懂你的心意。但看他：肥肉贅生，拖着一個大肥肚腩！還有，在性格上，Tyson 泰臣也顯得很難相處，不容易合作，你未走到他的犬舍，他便像錄了音般大叫：

「不要過來，不要過來，有膽過界，有膽過界，咬死你！咬死你！」

「這頭洛威拿犬,又超胖又孤僻,怎麼當差?」姚 Sir 心中暗忖。

好一個姚 Sir,看準 Tyson 泰臣吃軟不吃硬的性格,在籠外柔聲對他說:

「Tyson,你不要吠,要不要吃狗餅?」

看見姚 Sir 手中美味的狗餅,Tyson 泰臣嘴角流下三尺涎液,但性格倔強的他總不能容易被收買,他故意又大聲唬嚇狂叫:「放下餅乾,放下餅乾,不放下,咬死你!不放下,咬死你!」

今次,Tyson 泰臣錯了,姚 Sir 跟他一樣,吃軟不吃硬!

「好,你今天心情不好,表現沒禮貌,我明天再來。」

望着姚 Sir 和狗餅遠去的影子,饞嘴又愛玩的 Tyson 泰臣有點後悔了,尤其是看見其他同袍在遠處草地上高高興興地追逐骨頭,歡喜跳躍的情景,他更恨得犬牙癢癢的,狂吠道:

「放我出去!放我出去!咬死你!咬死你!」

「今天追骨頭讓你先撿到了,明天再比賽,我一定勝過你!」

「放馬過來,我絕不會讓你得逞!」

Tyson 泰臣心中正盤算如何對付姚 Sir，卻聽到同袍的開心比試，怨氣無處發洩的洛威拿犬又亂發脾氣了：

「汪，勝過你！勝過你！未死過？未死過？」

第二天，姚 Sir 又來了，倔強的 Tyson 泰臣不吠了，但目中的兇光，透露了他的不信任，甚至是不懷好意，姚 Sir 輕輕地打開犬舍門，放下他的早餐，歡欣也柔聲地說：

「Tyson，我們做朋友好嗎？我帶你出去玩。」

一聽到「出去玩」，Tyson 泰臣倏地站直身子，尾巴不知怎的，不受控制地搖起來，姚 Sir 知道，Tyson 泰臣快要投降了，但他並不心急，他要讓這頭惡犬好好調節自己的情緒和態度。

晚上，見隔離左右犬舍的領犬員結伴來到，各自摟着自己的愛犬親近，還帶來好吃的牛扒和雞腿，給他們品嘗！

Tyson 泰臣看在眼裏，鐵漢也有懦弱的一面；

「怎麼自己沒人疼？怎……怎麼自己沒人疼？」

他趴在地上垂下眼簾，鼻子貪婪地嗅着肉香，一副委屈的樣子，覺得很孤獨、很寂寞。不要看他外表威猛，性格暴烈，但實際上，他跟其他犬隻一樣，需

要朋友，愛合羣，渴望玩樂和關懷，最怕被單獨關在一處，被隔離、被遺棄。這天晚上，他做夢了，夢見大青草地上，一頭漂亮英偉的洛威拿犬，盡情飛跑，追小白兔，撲蝴蝶，最令他興奮的是落下滿天狗餅，他跳起來，張口一塊，又一塊……可是，隆隆的肚腩，滿身的贅肉卻扯着他重重墮下，四腳朝天……

倔強的 Tyson 泰臣發覺，自己竟然渴望見到姚 Sir！

天才剛亮，他來了！他來了！

Tyson 泰臣不再齜牙咧嘴，不再叫吠，還對姚 Sir 抖動身體，垂頭斜眼，羞澀地搖着尾巴，繞着姚 Sir 大腿轉，招呼姚 Sir。

姚 Sir 知道，這頭倔強的傢伙接受了他。

「來，吃了早餐，和你出去玩波波，你要減肥減肥喔！」

愛玩遊戲是犬的天性，脾氣暴躁的 Tyson 泰臣最愛追骨頭和樹枝，令你意想不到的是這頭洛威拿犬竟然樂此不疲，玩起來一臉憨態，下巴贅肉隨着他的奔跑擺動，就像嬰孩的「口水肩」隨風搖曳，令你覺得這團黑東西也是蠻可愛的。

姚 Sir 時常帶着 Tyson 泰臣，和他玩耍，自然贏

取到他的信任和好感，姚 Sir 對 Tyson 泰臣讚不絕口：

「只要他肯接受你，你便會發現原來他服從性強，忠心耿耿，溝通無難度。」聽到姚 Sir 這樣説，蠱惑仔 Tyson 泰臣便立即扯起他的「口水肩」，露出一臉傻笑。

姚 Sir 呀，可惜你不知道他對其他「同袍」，不知尊重，老誇自己樣樣皆能，老要做一哥，又老是恐嚇要咬死人呢！

捉賊擒匪的第二天，你道姚 Sir 如何獎賞 Tyson 泰臣？

他帶 Tyson 泰臣到海邊，暢泳。

犬天性懂游泳，大熱天，最愛水中暢泳，和心愛的主人一起游泳，更是天大樂趣，哈！在海上咬浮波，追塑膠骨頭？最棒！

悄悄告訴你們 Tyson 泰臣的天大秘密：威哥 Tyson 泰臣天生忌水！見到海浪就退後十尺！三年前，當姚 Sir 第一次帶他到海灘，才隱隱聽到海浪聲嘛，他已經不肯下車；拉了他下車，在停車場，他又一直裹足，死不前行；捉了他上沙灘，他前進兩步，又扭擰要後退三尺。

姚 Sir 知道了，好勝的 Tyson 泰臣、倔強的 Tyson 泰臣，也有弱點！

姚 Sir 坐在海邊，讓沖來的海浪輕輕沖洗自己，他拍拍手邊的位置，柔聲對 Tyson 泰臣說：

「COME！Tyson。」

忠心的 Tyson 泰臣不會違背主人的話，蹣跚腳步地爬上前，一到水邊便害怕得坐下來，姚 Sir 表示讚賞地輕拍他的頭頸，他還姚 Sir 一記「犬脷酥」。

一人一犬，就這樣坐着曬太陽，忽然，姚 Sir 溜下水中，大叫：

「好舒服！Tyson，COME！」忌水的 Tyson 泰臣卻只顧後退，向着湧向沙灘的海浪狂吠：「不要湧過來！不要湧過來！殺死你！殺死你！」

水中的姚 Sir 揮動着一根「骨頭」，叫道：「兄弟，COME！」姚 Sir 知道，警犬的工作不分水上陸地，每頭警犬都得出水能跑，入水能游，否則賊人退到海上，警犬便「鳴金收工」嗎？訓練 Tyson 泰臣游泳，是刻不容緩的。

Tyson 泰臣看見姚 Sir 在水中舉起手，以為兄弟遇溺，危在旦夕，他立即，竟然，竟然毫不猶豫地，「撲通」一聲，跳下水中！

哎唷！救命！他發覺，他的體重使他沉下水裏！

他連忙四腿扒撥，使勁地划水，噢，鼻子浮出水面了！咦？呼吸無礙了！

哈！他意外地發覺自己竟然能夠浮游水中！用的當然是狗仔式。

姚 Sir 仍然在水中舉起手，Tyson 泰臣向着姚 Sir 位置前進，大叫道：

「兄弟，兄弟，我來了！我來了！支持着！支持着！」他終於和姚 Sir 在水中會合，不禁樂得仰天吠叫：「我懂得游泳！我懂得游泳！愛死你！愛死你！」

結果呢，他喝了兩口海水，差點沒被嗆死。

姚 Sir 在水中熱情地摟着愛犬，像獎賞英雄般愛撫呵吻。

Tyson 泰臣發出簡短的愉悅叫聲，沉醉在主人給予的深情讚許中。

從此，Tyson 泰臣愛上了海，愛上了游泳，還懂得用尾巴做舵，無論風平浪靜，或風高浪急，他都來去自如。到海灘游泳，已經成為 Tyson 泰臣的至愛節目。最令吳督察和姚 Sir 高興的是：Tyson 泰臣修身了！由贅肉橫生，腹腩隆起的「豬」，變成一頭真正的犬，英偉的警犬，挺直的背脊，緊縮的腹肌，當他

得到「香港傑出狗隻大獎」時，姚 Sir 還禁不住感動得流下男兒淚呢。

今天，Tyson 泰臣又和姚 Sir 雙雙暢游海上了，天海悠悠，肆意無邊。

這一天，剛巧忠仔也帶着我來海灘，進行海上訓練，聽姚 Sir 向忠仔講述 Tyson 泰臣捉賊的英勇故事和他誤以為主人遇溺奮身相救的感人英勇事跡，看見他和姚 Sir 玩耍時的憨態，使我對這洛威拿傢伙產生了前所未有的好感。

奇怪地，這傢伙也對我特別友善，特別殷勤，老是咧嘴向我傻笑，眼睛上那兩小塊啡色圓蓋忽然上忽然下，嘴角和下巴那兩線啡色「口水肩」顯得更滑稽好笑了。我發覺，原來這頭外表兇惡，出口疊句的傢伙也真有他可愛之處。

糟糕，難道他愛上了我？

還是我對他有好感？

這……這……怎……怎可能？！

第七章　案中有案

凌晨，尖沙咀，紅燈區。

一輛七座位汽車，香港人稱「七人 van」，在路上風馳電掣，恐怖的是全不理會燈號，見燈衝燈，見街過街，更恐怖的是左穿右插，逢車過車，任何人看到這情景，都知道這是危險駕駛，司機在飆車，而且可能是醉酒駕駛！如果不把車截停，只怕車禍將會在頃刻間發生，到時又有多少血白流！多少寶貴生命受到危害！多少家庭破碎！

在尖沙咀區一帶巡邏的警車見狀，當然立即尾隨追截，並且發出「嗚嗚嗚嗚嗚……」的警號，同時閃動車頭燈，示意七人車停下。追截中，赫然發現車廂內擠滿人，於是更懷疑他們違例超載。

七人車司機，看似要和警察玩賽車，不但無意慢駛、停下，反而狂踩油門，駕車狂飆，把一部 van 仔弄得左搖右擺，右擺左搖，就是要氣死你——尾隨不捨的執法者。

伙記們立即通知前面警車設置路障，實行攔截。

路障橫置路中，七人車顛簸而至，終於在路障前停下來，不停下來？就只有車仰人傷的下場！

警長敲響車窗，要司機將玻璃旋下。茶色玻璃後，露出金毛長髮司機的頭顱，他戴墨鏡，好整以暇地道：

「阿 Sir，什麼事？」

「你超速超載駕駛。」

「超超超，超什麼？你哪隻眼看見我超？我沒超！」輕佻無禮，面目可憎。

「請你說話小心點。」警長一面警告司機，一面要求所有人下車接受檢查。

「嗖」一聲響，茶色車窗被拉上了布簾，加上當時天色昏暗，裏面是什麼有什麼根本就看不清楚。警察立即提高警惕，手按在警槍上：

「將車門打開！否則告你阻差辦公！」在警長喝令下，車門開了。

「全部下車，站到路邊。」

六、七、八……七人車上載了九個人，六男三女九個彩色頭！金毛、銀毛、紅毛、綠毛、還有紫毛！這些人都衣衫不整，滿身酒氣，看似神志不清。

金毛長髮司機「砰」的一聲打開車門，跳下車

來。他穿了一件黑底白點的背心，沒有扣鈕，露出兩塊胸肌。他撐起兩臂，挺起胸，斜肩歪嘴，一手脫下墨鏡，一手攔在腰際，一派江湖大佬口吻說：「你抄牌便抄牌，不要騷擾我的朋友！」這「哮天犬」兇巴巴，還一手搭在警長肩膊上，想「先發制人」。

他的朋友們也乘機吶喊助威，哮天犬見人多勢眾，越加意氣風發，得意忘形了。他向警察肆意叫哮道：

「阿 Sir，想怎樣呀？」

九個七彩頭圍着三個警員，當然有膽叫囂。

「你們説話小心點，拿駕駛執照出來。」警長不慌不忙，執行職責。

長髮金毛司機，二話不説，猛然出手，推開警長，把警長推得連退兩步，只聽見他罵道：

「理你都傻！查查查，查什麼呀？！笨蛋！」分明故意挑釁。

「小心我告你阻差辦公，拿駕駛執照出來。」警長堅持道。

「我們坐車兜風，不可以嗎？這是民主自由社會呀！你沒權管我！」

「你以為自己是誰？我『老媽』呀？想干涉我的

私生活！」

「聰明的，遠遠走開，不要『擾民』呀！」

七嘴八舌，開口閉口民主自由，唉，民主何悲，自由何價？可憐！

九個人中，不知是誰忽然揮拳襲警，受襲警員當然自衛還擊，登時拳來腳往，場面十分混亂，警長見狀，立即電召上峯要求增援。

於是，我 Nona 露娜和陳 Sir 忠仔乘衝鋒車趕至，只見伙記被人圍住，形勢危急。

車門一開，我 Nona 露娜聳身一跳，奔到「疑犯」面前，見他對自己伙記無禮，甚至出手推撞，我的怒火立即燃燒起來，我連續的怒吼、狂吠，讓聲音傳達我的攻擊性，我把頭昂得高高的，揚眉瞪目，犬眼閃出綠色兇光，我還故意使全身犬毛沖豎起來，尾巴筆直上指，大咧着嘴露出陰森森的兩排犬牙，喉頭間發出駭人的低嚎，牙縫裏迫出嗦嗦的怒吼，我嚇唬他說：

「這一下撕噬下去，你的皮要揭開，你的肉要穿幾個洞，深深的，血流不止……」

兇神惡煞的面孔瞬間換上驚駭萬狀的表情，雙腳發軟，顫聲道：

「媽呀！這次沒命了，我最怕狗的呀！」

　　這六呎高有腹肌的金毛，竟然哭轉過身去，全身癱軟下來，雙手扶着鐵門下滑，混身哆嗦，抖個不停，嘴裏叫喊道：

　　「求求你，叫這狗不要張大口，不要咬我！」

　　嘻，可憐金毛並不知道，許多犬隻張大口，不過是排放體熱罷了，真正要咬人時，犬並不會先發出聲音，所謂「無聲狗咬死人」！我見他怕犬如此，知道自己的唬嚇計策收效，於是乘勢再挨近他，故意在他身上嗅索，鼻子發出「索索」的聲響，濕濕的犬鼻抵住他赤裸的手臂和臉頰，甚至胸肌，讓他感受感受陰森森的犬牙、濃重的犬口氣和濕濡的鼻液，讓他知道，只要我犬牙一張一合撕咬，他便得皮開肉裂！

　　金毛害怕得瑟縮着身體，眼睛也不敢張開，連聲求饒：

　　「媽呀！不要咬我！我怕狗！我怕狗……」

　　「阿 Sir，我清醒了！我清醒了！落口供！落口供！」金毛青年轉而向警長苦苦求饒。

　　我 Nona 露娜知道場面被控制了，我退下來，心中覺得好笑：這人說話怎的像極了 Tyson 泰臣？

　　咦！怎的有一陣怪味從車廂中飄來？我向車廂作勢欲撲，陳 Sir 知道我的意思，隨我走到車後搜查。

　　車尾箱有些東西被布蓋着，久經訓練的嗅覺告訴我這些不是好東西，是腥味，血腥味，人血的腥味。我用嘴叼開了那塊髒布，噢！是染血的木棍，還有染血的刀！

　　警員們大為緊張，警長喝問那些七彩頭道：

　　「你們從哪裏來？做了什麼事？」沉默，不張聲。

　　我最憎惡這些有膽醉酒鬧事又沒膽承認的人，真想狠狠的咬他們一個巴爛！

　　想着，不禁咬牙切齒，狂吠起來，看見我兇巴巴的樣子，金毛長髮再次被嚇得「發軟蹄」，撲的一聲，跪地求饒：

　　「阿 Sir，我說，我說……」

　　他張口正要細說事件，忽然卻嘔吐大作，「喔」的一聲，污穢物從口中噴出，直噴到警長胸口，制服濕透了，上下掛滿臭不可當的嘔吐物。當時我 Nona 露娜站在警長隔鄰，犬隻對氣味的敏感，令我知道他有東西要噴出來，自然後退一步，躲到警長後面，牽我的陳 Sir 還喝令我道：「STAY！」結果呢，他自己也吃了一口「糊仔」！我很為他不值，同時也禁不住洋洋得意，暗中偷笑：我可不愛吃「臭糊」哩！

那傢伙嘔吐完了，終於説出一個卡拉 OK 場所名稱，警員們大為緊張，跳上衝鋒車，在車上，兩塊腹肌的金毛終於交代了事情真相，被錄了口供：

「我們在九龍城『紅火焰卡拉 OK』消遣玩樂，在離去時經過另一個房間，有人『眼超超』睥睨着我們，有一個女子還故意大叫『非禮』，引來房中那批男子衝出來，不由分説，揮拳揮棍狠毆我們，我們沒理由捱揍，自然要抓起什麼來還擊，結果兩幫人馬混戰起來。哪哪哪，阿 Sir，我們是受害者，乘混亂逃走了出來，保住性命罷了。」

衝鋒車風馳電掣，直趨肇事現場。Hilton 希爾頓也奉命到場。

還記得 Hilton 希爾頓嗎？他是一頭拉布拉多犬。在學堂中，沒有警犬會主動和他來往，不是因為他的工作能力，而是由於他出身不良。他是伙記們在一次掃毒行動中，在毒梟的家中找到的，那一次行動很成功，搜到毒品，但毒梟卻逃逸無蹤，棄下了毒品和他的狗，Hilton 希爾頓當時才兩歲左右，被法庭判充公，差點被人道毀滅。但由於他嗅覺靈敏，對毒品的嗅覺尤其敏銳，所以警犬隊申請收養他，將他訓練成為緝毒犬。

Hilton希爾頓現在已經九歲了，在警犬隊中屢立戰功，是「緝毒第一犬」，緝毒犬中的「一哥」，極得賞識重用，雖說犬是羣體動物，但許多警犬其實並不喜歡他，一來因為他是毒犯之狗；二來也因他自己要獨來獨往，刻意和其他犬保持距離，刻意不談自己的過去。人愛搬弄是非，犬界更愛傳播流言，於是，「毒梟之狗」大名，還是傳遍警犬界。

卡拉OK燈光黝暗，打鬥的人似乎散去了，年輕的男男女女，有的在舞池跳舞，有的躲在房間進行活動，空氣中瀰漫着煙味、酒精味、酥炸花生味、薯片味──勁辣的那一種，還有，清清楚楚的「丸仔」味和咳藥水味！毒品，想逃過我們警犬之鼻？難了！

緝毒犬Hilton希爾頓，當然立即知道這兒有「毒味」，他仔細地嗅索着，認真地辨別氣味來源，他逐一在眾人身上嗅索，這個沒有，這個迷迷糊糊，神志不清的已經將東西吞下肚，不必理會。他知道，現在的主要任務是要找現貨──證據。

我Nona露娜跟陳Sir押金毛找羣毆者，事發後，生事者並沒有離去，他們有的爛醉不起，受傷的則包紮了傷口，繼續逗留在房間中飲酒猜枚嬉戲。聽說人類是感情豐富的動物，容易受情緒控制，心情不容

易平服，但看這羣十多歲的青少年，剛剛才經過命懸一線的大混戰，現在怎的會像若無其事般繼續作樂尋歡？這算是什麼奇怪的生物品種？

一路搜尋毒品的 Hilton 希爾頓到了案發的房間來了，只見他鼻子翕動了一下，立即直趨沙發上那爛醉的人去，我分明看見他雀躍萬分地搖起尾來，但倏地他的尾巴又停止不動了，然後他又溫柔淒怨的輕吠兩聲，宛如呻吟，宛如有所要求，他到底怎麼了？我覺得事態不尋常，正想向他追問，只見他又繼續嗅索，可奇怪的是，眼睛卻總是有意無意的望那個沙發醉漢。房間燈光雖然不太明亮，我還是清楚看到那個人微微張開眼睛，狡猾地眨着眼向 Hilton 希爾頓擠眉弄眼笑了一笑，Hilton 希爾頓也興奮地在他臉上匆匆地舔了一下，然後又狡猾地裝模作樣去嗅其他人，其他地方。

由於警犬會報假案，送出不正確訊息，所以如果警犬表現猶豫，警員便要更謹慎行事，免被投訴控告，所以 Hilton 希爾頓不明確示警，領犬員也就得靜心等待。

Hilton 希爾頓是專業緝毒犬，出身毒梟之家，對毒品的嗅覺比普通警犬更靈敏，而且有很豐富的搜獲

毒品和追捕毒犯的經驗，在警犬隊中赫赫有名。「要緝毒，找 Hilton。」這是隊中的傳言，他怎會嗅不出這人身上藏有丸仔？我雖然不是警隊中的「緝毒第一犬」，但我絕無懷疑，這壞蛋身上藏的就是 K 仔，還有可卡因、海洛英，更有用來溶在飲品中迷暈少女的安眠藥！

記得以前和他一起參加緝毒行動，只要嗅到空氣中的毒品氣味，他便會犬眼發光，炯炯有神，犬毛恣張，動作利落，把脖子上的犬索扯得如箭在弦。這一次他表現得無精打采，腳步遲疑，尾巴鬆墜，明知毒犯就在眼前，卻好像有意包庇，不作示警，這是什麼的一回事？

雖然，我今次的任務是鎮壓羣毆者，搜尋毒品並非我的工作，但 Hilton 希爾頓的裝模作樣，令我疑心大起。我是頭飽經全科訓練的警犬，有犬類靈敏的嗅覺，我們的左大腦有能儲存數以萬計不同氣味的「氣味記憶庫」，而且可以持久不變。我嗅到這可疑人物身上分明有特殊的氣味，帶血腥味，也有「丸仔」味。

「你知道這人有問題的，是嗎？」我 Nona 露娜瞪着眼質問 Hilton 希爾頓。

　　「不用你多事。」Hilton 希爾頓冷冷的道，一派
老大的權威口吻。

　　「你是一頭警犬，不要忘記自己的職責。」我堅
持立場。

　　「當有人有恩於你的時候，警犬也不能忘恩負
義！」Hilton 希爾頓道，心情似乎惡劣。

　　我機伶伶地打了一下冷顫，再咄咄相逼：「他是

誰？你要這樣維護他？」

沉默了好一會兒，Hilton 希爾頓才痛苦無奈地告訴我：

「他是我的舊主人，七年前因藏毒販毒被通緝，我們失散多時，現在是久別重逢，唉，好不容易……」

我們犬類，是忠心的動物，一生忠心護主，不離不棄，義犬千里尋主人的事不也時有所聞？ Hilton 希爾頓的心情我怎會不明白？！

但社會的公義呢？

法律的公正呢？

警察的職守呢？

我 Nona 露娜很明白他的難處，如果我是他，又會忍心送主人入牢獄麼？我兩眼緊盯着 Hilton 希爾頓，心中亂得一團糟，我該怎麼辦呢？

Hilton 希爾頓轉身要離開了，他垂頭耷耳，依依不捨地望沙發上的醉漢。這時，那醉漢忽然站起來，假裝作步履不穩的走向 Hilton 希爾頓，故意在他身旁跪跌下來，摟着他説：

「好狗，果然是一隻好狗。」Hilton 希爾頓由他又摟又撫摸的，一副陶醉的樣子，他的領犬員以為醉

漢跌倒，跌向 Hilton 希爾頓，所以只是輕輕地催促說：

「Hilton，SEARCH ！」

那沙發醉漢步履蹣跚地往房外走去，我感覺到在裝醉的外表下，他其實渾身發抖，冷汗直冒，心還在怦怦狂跳，他作賊當然心虛唄！我知道這次如果被他逃去，警方又不知要到什麼時候才能將他繩之於法了。我心一急，就要撲躥上去扯住那傢伙，陳 Sir 卻誤會我要咬噬他，牢牢收緊了犬索，我被扯得前腿升起，犬索在我脖子上用力，弄得我頸項隱隱作痛，但我還是忍痛叫嚷道：

「Hilton，這是毒梟，販毒害人，你怎可放過他，讓他作惡，危害社會？」

Hilton 希爾頓轉過頭去，不理會我。

陳 Sir 見我不尋常的舉動，機警地喝令醉漢止步：「你，去哪裏？」

「去廁所呀，阿 Sir~ 廁所都不許人去嗎？ Sir?」壞人天生一副無賴嘴臉，犬憎狗厭！

Hilton 希爾頓已經踏出房門外去了，他這樣做，表示房間沒毒品，房中的人沒藏毒。

醉漢緊跟着 Hilton 希爾頓，不停稱讚他：「乖狗。」

門邊，只看到 Hilton 希爾頓的尾巴，搖呀搖，搖呀搖的。

「Hilton！」我大聲呼叫，要喚回他的理智。

「今天 Nona 見到 Hilton，好像很不安似的。」陳 Sir 說。

「就是嘛，瑪蓮萊犬和拉布拉多犬勢不兩立哩。」Hilton 希爾頓的領犬員說，像很了解犬性。

大家覺得房間無可疑，正跟着要魚貫離場，突然，Hilton 希爾頓一個聳身後撲，犬身直立，用前爪頂着「醉漢」肩膊，推他退回房來，還咬他的外衣口袋不放！

「你這衰狗，發什麼狗瘋！」「醉漢」破口罵，「忘恩負義！」

眾警見狀，立即將「醉漢」按倒，搜他的身，在他的外襪內袋、西褲暗袋、襪頭橡筋袋，都搜出 K 仔、安眠藥，甚至可卡因、海洛英！他，醉漢，毒品拆家，根本絲毫不醉，正在卡拉 OK 場中賣毒品，警察到來，他走避不及，只好混在無知少年堆中，用詐醉伎倆試圖蒙混過關，可是卻遇到他的老朋友——機靈的緝毒第一犬—— Hilton 希爾頓！

緝毒犬 Hilton 希爾頓原來是他製毒工場的看門

犬，由他養大，為他看守毒品。他也原可以利用自家犬對主人的忠心逃離法網，只是，警犬忠於職守，明辨是非，謹守正義。

七年來，他的領犬員兄弟用心照顧他教導他，只有溫柔的對待，沒有暴虐的教訓。

七年來，他和領犬員兄弟用真情和鮮血凝結了深摯情誼，他們進退一致，憂戚與共，苦樂齊享。

七年來，他看盡警隊兄弟們槍林彈雨，奮不顧身，殲滅罪案，維護治安，保護市民。

他是一頭警犬，香港警察，怎能感情用事，因私害公？

最後，犬牙犬爪無私，毒犯終於被他緝拿歸案。

警車上，我衷心稱讚 Hilton 希爾頓品格清高，行為正義。

立了大功的 Hilton 希爾頓蹲伏一角，低頭垂目，沉默不語，眼中，隱隱泛淚光……

唉！從來，就是忠義兩難全，尤其是當你有兩個主人，尤其是忠奸碰頭，正邪決鬥，誓不兩立！

說起決鬥，好戲就在後頭！

第八章　愛情大決鬥

人類以為犬類只會發情，沒有愛情，錯，大錯特錯！

我們犬類，戀戀情深，我們對主人有萬般深情，而且有佔有慾，不喜歡主人對自己以外的生物有特殊感情等特點，大家都很清楚了。你們不知道的是，在犬類世界，我們也有愛情，而且會為爭愛戀對象而一決高低！

Max 麥屎哥哥年輕力壯，身手不凡，智勇雙全，是我們小犬子小犬女的偶像。他和我一起從荷蘭來到香港，一直對我照顧有加，我對他，由萬般景仰而至心生愛慕，有什麼事發生，我第一個想到的就是他。

Rex 力士哥哥年輕英偉，活潑機智，幽默風趣，和他一起，只覺得輕鬆快樂，毫無壓力。他是眾女生心中的白馬王子，我青春少艾，情竇初開，老愛幻想和他一起的開心快活。我知道，自己也着實喜歡他。

Tyson 泰臣性情暴烈，勇猛強悍，愛口出狂言，沒有犬喜歡他，但我們不得不承認他膽識非凡，能力

高超，戰功彪炳，他對其他犬隻沒有禮貌，愛行使語言暴力，但對我卻溫柔體貼，所以對他，我不否認，也有點好感哩。

一山不能藏二虎，一警校又能藏到眾猛犬嗎？

Max 麥屎、Rex 力士和 Tyson 泰臣，旗鼓相當，有點水火不容，三犬都是我的好朋友，我絕不想見到他們有衝突磨擦。

只是，要來的總會來，要發生的總會發生。

就在這一天，警犬學校中爆發了三犬混戰的鬧劇！

警犬是紀律部隊成員，受服從紀律訓練，怎可以自己犬打自己犬？莫名所以！

其實，犬隻的攻擊行為，主要來自失寵的焦慮，亦即沒有安全感。但在警犬學校，各有其主，食物充足，玩意不少，根本無須拼個你死我活。

只是，Max 麥屎、Rex 力士和 Tyson 泰臣，年齡相近，體形相若，幾乎同時進入青春期，體內荷爾蒙的分泌旺盛，性情急躁進取，誰都想做一哥，當然免不了要展示實力，以確定自己的江湖地位！

不過，事情又原來並非如此簡單！

這一天，上課完畢，大家在校場上休息，警官們

自己圍攏一起，談笑風生，絕對想不到草地上的警犬決鬥如箭在弦，一觸即發。

開始時，是 Max 麥屎先走近 Tyson 泰臣，對他說：

「我警告你，不要騷擾 Nona。」

原來 Max 麥屎早已對 Tyson 泰臣的一舉一動看在眼裏，對他提出警告。

一臉愕然的 Tyson 泰臣回答說：

「我喜歡她，我喜歡她。不用你管，不用你管。」

Tyson 泰臣不給 Max 麥屎面子，Max 麥屎頓時作勢怒吼，一向脾氣暴躁的 Tyson 泰臣立即齜牙咧嘴，發怒狂吠，嘴角直淌口水……

Max 麥屎見對方脾氣失控，不想生事，緩步走開，發怒的 Tyson 泰臣四腿飛馳，從後追逐。Max 麥屎感覺腦後生風，尾巴一擺，一個急速迴轉……Tyson 泰臣雖然不虞 Max 麥屎有此一着，但卻本能地一個後拐轉身……

我正慶幸衝突或能避免，冷不防在一旁觀戰的 Rex 力士狂飆而出，截住 Tyson 泰臣前路，Tyson 泰臣煞停不及，一頭撞上了橫腰切入的 Rex 力士，正在奔跑的 Max 麥屎也不虞此着，收步不及……

偌大的草地上，就偏偏冤家路窄！

三頭警犬全作滾地葫蘆，肩背擦地！

被撞得頭暈目眩的 Tyson 泰臣認為 2X —— Max 麥屎和 Rex 力士要聯手夾攻他，氣得全身彈躍而起，向着 Max 麥屎和 Rex 力士怒目切齒……

全場死寂，只見三犬對峙，互相凝望着對方，彷彿在發動攻勢前，要看到對方心坎裏的弱點，要直視到對方移開眼神，收起尾巴，翻起肚皮，俯首稱臣！

他們挺胸昂首，肌肉緊繃，翹起尾巴，豎起耳朵，越走越近，2X 跟 Tyson 泰臣怒目而視，表示誰也不服誰，看來，很可能必須打一場架來分個高低！

我們凝神屏息，知道將有大事發生了。

我不得不承認，我很仰慕 Max 麥屎，他永遠表現自信，有他在，就好像有依靠，不會感到徬徨，他也像老大哥般教導我愛護我。

我也清楚知道，我很喜歡 Rex 力士，他的英偉和活潑，是玩伴的第一選擇，唯一擔心的是他的女朋友太多，我是怕他用情不專。

而最近，我發現自己對 Tyson 泰臣竟然越來越有好感，Tyson 泰臣對我，也是萬般溫柔。警犬隊中更傳出他對我有意思的流言。

這就是愛情嗎？我到了青春期，情竇初開了嗎？

通常兩犬相逢，若彼此互舔面頰，則表示地位相當。Max 麥屎、Rex 力士和 Tyson 泰臣都要做一哥，當然不會承認對方地位，但暫時 Max 麥屎、Rex 力士號稱「2X」，同一陣線，聯合對外。

兩犬相逢，如果互嗅尾部，表示先被嗅的地位較低，當然，Max 麥屎、Rex 力士和 Tyson 泰臣，誰都不會讓對方先嗅自己的屁股！

2X 和 Tyson 泰臣目不轉睛逼視對方，要用凌厲的眼神逼使對方垂下眼簾，夾着尾巴逃遁，他們鼎足而立，誰也不表示怯懦。

任何情況下，性急的 Tyson 泰臣總是第一個沉不住氣。他不斷低吼，出言嚴厲地警告對方：

「這是我的地頭，這是我的地頭，滾開！滾開！咬死你！咬死你！」重複句子是他說話的習慣，即使恐嚇他人時也是如此。

「咬死你！咬死你！」已經是 Tyson 泰臣的口頭禪，無人能分辨話中的真與假。而最近，許多犬都覺得 Tyson 泰臣行為古怪，我便親眼看見他在犬舍裏舔手舔腳，舔得不亦樂乎；有時則追逐尾巴轉圈圈，轉得不知停止；有時又會眼定定的凝視牆壁，像老僧入定，一動不動。今天早上集訓前，我更看見他竟然奮

力撲咬蒼蠅！這些，根本就是狗狗抑鬱症的症狀！警犬隊中忽忠忽奸，可善可惡的 Tyson 泰臣，有可能患上狗狗抑鬱症？眼下的他，面對兩頭瑪蓮萊犬可能的夾攻，卻又表現得毫不畏懼，盡顯洛威拿犬的英雄本色，旁觀者都不禁暗暗佩服。

Max 麥屎毫不示弱，厲聲回應道：「這是警隊，不由你胡來！」

Max 麥屎就是那種遇強越強，碰到自以為是老大的，有絕不讓步的氣慨、王者的風範。他從來都是以氣質的流露，而不是靠打架贏來大家的尊敬的。

犬犬同性相斥，尤其在異性面前，更絕不能稍露怯弱。

他們俯伏身體，眼盯對方，慢慢前進，是躍跳撲擊的前奏。

他們汪汪嚎叫，橫眉瞪目，犬眼閃出綠色的兇光，尾巴直豎，齜牙咧嘴，露出陰森森的犬牙，牙縫間發出駭人的低嚎，醞釀着直接攻擊的行動。

我們知道，他們飽受訓練，絕不會同類相殘，咬死對方，但廝殺起來，也一定相當慘烈。

觀看的眾犬，有的喧嚷助興，唯恐天下不亂。

有的支援 2X，吶喊助威：「2X 必勝！2X 必勝！」

儼如 2X 的 fans！

也有的戲弄 Tyson 泰臣，故意扮他慘敗哀嗥：

「不要打！不要打！我認輸！我認輸！」

還有許多想看三者互相咬個巴爛，遍體鱗傷，毛皮沾滿鮮血，皮開肉裂，皮連着肉翻下來，嗚咽慘吠，驚恐瑟縮，痛苦發抖的慘狀。

有道人心難測，有些人表面跟你稱兄道弟，「老友鬼鬼」，私底下卻詛咒你一敗塗地，永不翻身；有些人表面好言勸你凡事忍耐，不要破壞和諧，背地裏卻希望你出手凌厲，替他剷除眼中釘。

犬心何嘗不一樣？憎惡 Tyson 泰臣的犬為數不少，嫉忌 Max 麥屎和 Rex 力士的也大有犬在，希望 2X 兄弟鬩牆的亦大不乏犬。

平日討厭 Tyson 泰臣的想看看兇神惡煞的面孔怎樣地在瞬間換上驚駭萬狀的表情，戰敗的身體怎樣先皮開肉裂，繼而發軟瑟縮，顫聲求饒；妒忌 Rex 力士的想看英俊的面孔如何被抓出道道傷痕，變成醜陋不堪；嫉忌 Max 麥屎的想看英偉不凡的偶像如何仰臥地上，四腳朝天，露出肚皮，伸長脖子，向對方表示臣服的窩囊相。

校場上，他們的鼻子在地上拖曳，脖子前伸，雙

眼朝上，犬視眈眈。隨着一聲低吼，翻起的嘴唇露出尖牙，戰爭倏地爆發了！

三犬揪在一起扭打，互相噬咬，扭滾一團，夾雜着怒嚎。2X 以二對一，一時作左右包抄，一時作前後攻擊，使敵方既要左閃右避，又要瞻前顧後，可說佔盡優勢，但 Tyson 泰臣強悍抗敵，出手招招狠辣，瞄準對方咽喉攻咬，絕不留情！

好友相殘，叫我怎忍受得了？我大聲叫道：

「你們不要打！求求你們，不要打！」

殺機已起，鬥意正濃，他們怎會理會我？

我只好匆忙地在眾犬圍攏中擠退出來，跑向警官狂吠示警。

遠處，警官們回頭遠望，赫的看見廝殺場面，嚇得跳將起來，向我們急奔過來。

「STOP ！」

好一個吳督察，雷霆一喝，混亂廝殺的三頭警犬，猛然分開，戰鬥倏地停止。

「SIT ！」

懾於警官威儀，他們乖乖就範，垂耳低頭，知道闖了大禍。

要讓一頭強勢的犬接受指揮並不容易，落伍的方

法是以暴制暴，施行體罰，有人用鞭揮打，有人抓住犬頭迫他仰起下顎，有人用皮帶把犬吊起來旋轉，要他嘗嘗坐「直升機」的滋味。但在警犬學堂，不用這些手段，警犬飽經訓練，忠心服從，只要警官一聲威喝，戰鬥者必定立即偃旗息鼓，乖乖就範。

眾犬，即使英偉如 2X——Max 麥屎和 Rex 力士，剛烈如 Tyson 泰臣，都鎮懾在吳督察的威嚴下。

到底，他們為什麼會相鬥？一眾警官議論紛紛，誰都説不清楚。

有説，犬犬之間的問題，主要是爭愛寵。

「但他們各有其主，爭什麼愛寵？」警官的解釋，恕我們難以接受。

有説，保護食物是犬的本能，為爭食不惜打鬥。

「沒可能，我們豐食足吃，還有按摩和美容！」愛美姐抗議道。

有説，如果犬隻受到主人暴烈的責罵和處罰，他會採取極端性攻擊。

「嘿，我們在警犬隊得到的，是發自內心的溫情讚美和愛撫。」老牌警犬 Ka Ka 嘉嘉在隊中多年，當然有資格説這句話。

也有説，狗族中的強者要用打鬥來顯示王者的風

範。

「我們是用工作表現來建立名聲地位的！」連平日沉默寡言工作至上的 Hilton 希爾頓也忍不住表示不同意。

這時，姚 Sir 指責 Tyson 泰臣道：「人家擋住去路嗎？竟然使你要觸發攻擊行為？」Tyson 泰臣平日性情剛烈，難怪姚 Sir 會懷疑他。

「No，Sir！No，Sir！」Tyson 泰臣抗辯。

「如果是這樣，他是危險犬物，還配做人民公僕嗎？」Dyan 阿歹冷冷道，似乎忘記自己曾經咬過小孩。

忠仔也來個推測：「有時犬隻受到故意挑釁，就會撕打咬噬。這就是獸性？」他到底在說誰挑釁誰？

終於有人説，青春期的雄犬惡鬥，分明是在「爭女」。

吳督察説：「嘿，警犬隊中講高質素交配，不是亂來的！『爭女』？不批准！」

這時，天地忽然色變，天色頃間烏黑黝暗起來，風起雲湧，暴雨夾狂風，橫掃而來，校場上的樹木，在暴風雨中猛烈搖晃，閃電劃破長空，飛射出一支支銀色叉子，雷聲也來助慶，張牙舞爪，在天際揮出雷

音球，化作隆隆迴響，覆天蓋地。雷雨交加，是低氣壓的典型氣象。

犬隻視覺嗅覺聽覺比人類敏銳，更容易被嚇得肝膽俱裂。打鬥的、不打鬥的警犬都震懾於大自然的威力中。

肇事警犬的領犬員，牢牢收緊了犬索，戰鬥英雄們被扯得前腿升起，犬索在他們的脖子上緊緊箍扣，叫他們動彈不得，謹記教訓。

「看來，低氣壓使人感到不適，也令犬隻不安呢！」吳督察說。

「今次事件，幸好有 Nona 機警應變。」忠仔乘機表揚我。

「還是 Nona 温馴乖巧。」吳督察撫摸我的頭，稱讚我說。

看着他們三犬望我時那種不忿、失望，還有點悻悻然的眼神，我心頭一震：我機智？我乖巧？還是出賣了朋友？出賣了對我有愛意的好朋友！

他們為我打鬥，我卻使他們受罰！我做得對嗎？

瑪蓮萊犬雙雄，大 X 麥屎？小 X 力士？

英勇傑出剛中有柔的洛威拿犬 Tyson 泰臣？

還有捨情取義感人至深的拉布拉多犬 Hilton 希爾

頓……

　　還有，唉，吳督察説警犬隊中沒有自由戀愛，這話當真？

　　我 Nona 露娜的心實在很亂。

　　不要問我打鬥的警犬有什麼下場，你認為打鬥羣毆的警察又會有什麼好結果？

　　就在此時，吳督察的電話鈴聲響起來了，對方説：秀茂坪告急，有危險人物，需要警犬出勤。

　　低氣壓使人犬都情緒不安，果然？！

第九章　斧影驚魂

秀茂坪告急——斧影處處，血腥濃濃！

大批警員趕至，與持斧者對峙。

Ka Ka 嘉嘉奉命到場協助。

早上九時，要上班的要外出辦事的正在匆匆趕路，街上熙來攘往，路上車水馬龍。

秀茂坪商場內冷冷清清，除了一間速食店外，其他商店通常要接近中午才開始做生意，這會帶來市民生活上的不便嗎？這你可不用擔心，許多愛夜生活的香港人在九時仍然賴牀未起，即使有人要購買食品、日用品，沒問題，香港是國際級城市，有多不勝數的二十四小時便利店，管你周圍烏燈黑火，便利店總是燈火通明，通宵營業，年中無休。

晚間開門做生意，安全嗎？不用擔心，香港市民奉公守法，香港警隊工作效率極高，香港雖未做到夜不閉戶零罪案，但治安仍算過得去，這麼多年來，乘夜深人靜，打劫便利店的罪案也很少發生。

這次案件的發生，不在深夜時分，而在早上，九

時許。

秀茂坪秀華樓四樓一個單位，一個老翁手持利斧，隔着鐵閘大聲叫嚷：

「你們快走！不走，看我斬你不？！」老翁舞動斧頭，虎虎生風，唬嚇門外的警員。

「阿伯，你不要激動，放下斧頭，有什麼事，慢慢說。」警長不為所嚇，嘗試柔聲勸阻老翁做傷人犯法的事。

「你們快走！不要捉我。」斧頭鋒利的刀鋒，在燈光照射下，銀光閃閃，耀目刺眼。

「伙記，小心，阿伯神態有點失常。」眾警員不敢掉以輕心。

「阿伯，你放下斧頭，免弄傷自己。」警長耐心婉言相勸。

這時，一個中年男人插話道：「就是他，想在我的店中偷東西！」

說話的人是便利店的林經理，看見老翁在店中企圖偷竊一瓶燒酒，價值二十元，他即場制止。但老翁卻亮出小刀，向他揮舞，並且呼喝道：

「走！不要過來！」

說時遲，那時快，老翁「嘭」的一聲，把酒擲到

地上，酒瓶頓時碎裂，玻璃碎片四散，酒香四逸。老翁踢着膠拖鞋，匆匆奪門而出，差點沒被玻璃碎片割傷。

老翁利刃在手，分明蓄意犯案，林經理不敢輕舉妄動，但又不忿讓竊匪逍遙法外，於是暗中尾隨跟蹤。

老翁雖然年紀老邁，但十分機警，倉皇逃走之時，還不時回頭張望，嚇得林經理急忙躲在柱子後，或是閃在途人身後，以免被他發現。老翁步履不快，年輕的林經理要將他捉住，其實不難，但他覺得「趕狗入窮巷」，只會「逼狗跳牆」，更何況老翁身懷利刃，所以決定還是先跟蹤，再打算。

後來，他看見阿伯走入距商場一百碼外的秀華樓，進入電梯。他在樓下電梯大堂看到數位屏顯示電梯停在4字，他估計阿伯就住在4字樓，於是報警。

警員聞報趕至，秀茂坪是舊式廉租屋，當年為安置北方湧入的難民而建，一條長廊，迂迴分叉而又戶戶相對，單位眾多，面積狹小，人煙稠密，品流複雜，這類舊式廉租屋可算是罪惡溫牀，經濟條件稍好的都搬走了，剩下的多數是新移民或者老人家。

警員們在四樓逐戶拍門，許多戶人家，睡眼惺忪，

衣衫不整，呵欠連連地開門；有些人家，大門深鎖，無人應門，想是外出工作或上學去了。

有一戶人家，警察拍門時，一個小孩在門內大叫：

「這兒沒有人哪！」惹得一眾男子漢大笑，問道：

「那你是什麼呀？」

「我是小旺呀，媽媽說我一個人在家要扮家裏沒有人呀！」

「小旺，那你就乖乖別隨便開門哦！」幼稚的童聲引出鐵漢的柔情。

這時，有伙記在轉角單位那邊招手，看來有發現了。

轉角單位前，警員聚集門外，附近單位的住客好奇窺探，驚見鄰居老翁在屋內狂舞利斧！

警長觀察現場：單位門口狹窄，任何伙記衝進去，都要和持斧老翁正面相對，難以保證安全，伙記受傷，當然要避免；阿伯流血，也非警察們所想。

「這個阿伯神經失常，你們要小心。」老翁的左鄰三姑好意提醒警察們。

「阿伯，你的家人呢？」警長問老人家。

「我沒有家人，你們走……」

「他有兒有女，但沒人理他。」老翁的右鄰大嬸「報料」。

「阿伯，通知你的家人到來……」

阿伯一聽到「通知家人」幾個字，更發狂大哭大叫道：

「我沒有家人……我無兒無女……嗚嗚嗚……」

一個獨居老人，一個寂寞老人，一個要借酒消愁的老人，一個飲酒度日但沒錢買酒的老人……警察們開始明白是怎麼的一回事了，鐵漢柔情，他們對老人深表同情，更加溫言婉語安慰他：

「阿伯，你不用怕，我們不會傷害你，放下斧頭，我們慢慢傾談。」

「我不相信你們，我的棺材本也被騙去了……嗚嗚嗚……我不相信任何人……」老翁歇斯底里，大叫大嚷，聞者心酸。

警長深知對峙不是辦法，而且也擔心時間一久，老翁情緒進一步失控，衝出來要來個玉石俱焚，或萬念俱灰，在屋內自尋短見的話，局面便更難控制，那時，會不會來個白斧進紅斧出，誰能預料得到？

但門口狹窄，人衝進去即直衝利斧，怎麼辦呢？

「何不試用警犬制服斧客呢？」有伙記建議道。

這個早上，Ka Ka 嘉嘉和他的兄弟王 Sir 奉命增援。

清潔工人正利用電梯搬運垃圾，Ka Ka 嘉嘉和王 Sir 等不及了，一人一犬六條腿，直奔 4 字樓。

「你們走！你們走！」阿伯仍在持斧揮舞，七十三歲老人家，怎的如此精力無窮？

Ka Ka 嘉嘉未得行動指示，先來個瞅目監視，看阿伯揮斧，斧光魅影，思量攻擊方向：是上？還是下？向左？還是向右？

阿伯看見 Ka Ka 嘉嘉，轉而指着 Ka Ka 嘉嘉大罵：

「你呀，鷹犬爪牙狗腿子、漢奸走狗、狗仗人勢、狗事巴結、狗苟蠅營、狗顛屁股……」

Ka Ka 嘉嘉的中文程度不好，當然不知道阿伯罵什麼，只是覺得阿伯的四字詞語說話方式很有趣。

「打開門，否則，我們要破門而入。」行動之前，警長先下警告。

阿伯置若罔聞，仍然揮動斧頭，橫掃左右，有時又作勢欲砍門外的警察，斬得鐵閘「嘭嘭」作響。Ka Ka 嘉嘉一點不敢鬆懈地戒備。

　　「看那手斧法，忽上忽下，忽左忽右，看似有姿有勢，實際雜亂無章，而且疲態已露，應該不難控制，但『疑匪』神志有異，亦不排除會有意外舉動的可能，不能小覷，掉以輕心。」Ka Ka 嘉嘉心想。

　　「看什麼看，你狗肚腸，狗下水，狗行狼心，狗膽包天⋯⋯」

　　阿伯見 Ka Ka 嘉嘉盯着他，又指着 Ka Ka 嘉嘉痛罵起來了。看來他不但痛恨狗，對中國的狗文化認識也深，活像一部狗字典。

　　阿伯無意開門，伙記只好用「房間攻擊術」──弄開鐵閘，破門而入，攻擊危險人物！

　　伙記先要用電鑽鑽破鐵閘的鎖。

　　記者聞風而至，鎂光燈四閃。

　　「你們弄壞我的鐵閘，要你們賠！豬狗不如！」阿伯先訓斥伙記，再向記者們說：

　　「記者大哥，他們恃勢欺人，狗眼看人低，狼心狗肺，簡直是打落水狗⋯⋯你們快影相作證。」

　　「阿伯，有話好說，你先冷靜。」記者大哥大姐們好心腸，加入規勸。

　　「你們敢進來，斬死你！」阿伯再次發惡，用力揮舞斧頭，「嗖嗖」有聲。

「誰進來就斬誰！你們狗屎堆、狗吃屎的……嗚嗚嗚……」阿伯語無倫次，邊說邊哭。

「阿伯，小心，別弄傷自己。」伙記再好言相勸。

Ka Ka 嘉嘉知道時間差不多了，便屏息以待。

王 Sir 一個眼色，紮好馬步，沉肩墮肘，將鐵筆插入。

Ka Ka 嘉嘉挺胸昂首，肌肉緊繃，翹起尾巴，豎起耳朵，凝視「疑匪」，蓄勢待發。

鐵筆一兜，鐵閘撬開，王 Sir 一聲下令：「HOLD HIM！」

說時遲，那時快，好一頭 Ka Ka 嘉嘉，後腿一蹬，犬身四十五度上聳，前腿雙撲，犬口一張，電光火石間，咬住「疑匪」右大腿。鎂光燈閃個不停。

「哎吔，好痛！」阿伯痛極，手起斧落！Ka Ka 嘉嘉一甩身，避過利斧，再咬住老伯右手虎口，老伯手一鬆，斧頭「砰」的一聲掉下來，老伯則跌坐地上，狗拉乾屎般掙扎，左手亂拍，打得 Ka ka 嘉嘉犬頭「啪啪」作響，伙記們一擁入屋，逮住老翁。

這時，王 Sir 下令：

「LEAVE！」

「STAY！」

　　Ka Ka 嘉嘉鬆開犬牙，安坐一旁，讓伙記處理「疑匪」。

　　「奇怪，Ka Ka，你是怎樣咬的，阿伯手上一滴血也沒有！」王 Sir 說。

　　警犬兇悍，因為要對付罪犯；事實上，警犬情深，洞悉世情。

　　對眼前這個嚎哭不止的老翁，神情驚駭之中又帶幾許淒苦，Ka Ka 嘉嘉心有戚戚然，為他難過。Ka Ka 嘉嘉知道，他只是一個被遺棄的可憐老人，不是什麼悍匪。

　　不孤獨，他何須飲酒度日？

　　不是被棄養，他又怎會去店舖偷竊？

　　不內心愁苦，他又怎會變成精神錯亂？

　　Ka Ka 嘉嘉看着幾分鐘前和她生死對峙的舞斧老翁，雙眼充滿柔情：

　　「汪汪，為了制止斧頭傷人，我以攻擊制止攻擊，我無心傷害你，伯伯，請你原諒！」好心腸的 Ka Ka 嘉嘉對老翁說，還為他舔去臉上的眼淚，老翁乾脆摟着 Ka Ka 嘉嘉嚎哭不止：

　　「我走投無路狗急跳牆，你狗咬呂洞賓，不識好人心⋯⋯嗚嗚嗚嗚嗚⋯⋯」

　　舞斧翁被送上警車，仍然哭泣不停，好像要將千年傷心，一股腦兒發洩出來。那時正值沙士病菌肆虐，好心的警長為他帶上口罩，送到警署落案，由於他示刀指嚇便利店經理，又在家中舞斧拒捕，被列為危險人物，按手續須還押監獄，不得保釋。

　　根據他的口供，他的妻子去世多年，三子二女各自成家立室，對他不聞不問，他有子女如同無子女，舉目無親，孑然一身，孤獨悲苦，要聯絡他的家人，他說沒電話，好不容易哄他說出子女電話號碼，警長為他撥通了，對方卻說：

　　「不認識這個人，以後別打來。」

　　人類如此無情，竟還厚顏無恥利用我們臭罵什麼「狗肚腸」、「狗下水」、「豬狗不如」、「狼心狗肺」、「狗行狼心」、「狗膽包天」、「狗彘不食」……

　　Ka Ka嘉嘉擒匪有功，但因「咬人」，依照法例，須被隔離七日觀察。

　　這是什麼法例？

　　下令的是警員，執行的是警犬，尖尖的犬牙噬在嫩嫩的人肉上自然難免有點擦傷，這是必然的，不是故意的！為什麼受命「HOLD HIM」的警犬要依例隔離觀察，依法制裁？Ka Ka嘉嘉服役多年，有多次擒

賊立功的紀錄，從未咬過人，更遑論咬傷人？！

我們接受訓練，攻擊科中有一課叫「禁足咆哮」，就是在目標人物的遠處站着不動，發聲狂吠，以作阻嚇，如果疑匪就範，聽命就逮，我們絕不可以，也沒必要撲前咬噬；只是，如果疑匪不合作，有意圖採取進一步行動，或者企圖傷害我們的兄弟，那就別怪我們不客氣！

這次形勢險要，要舞斧老翁甩掉手中利斧，得要令他感到身體痛楚，要用雙手保護痛楚之處，Ka Ka嘉嘉做到了，而且，最重要的是她並沒有用力咬噬撕扯老翁皮肉，老翁也沒有血流如注，不用擔架抬上救護車，也不需要輸血救治。其實，說清楚點，是老翁一滴血也沒流過！

真的，Ka Ka嘉嘉擒賊救人保護眾兄弟，何罪之有？

Ka Ka嘉嘉這次被罰隔離觀察，警犬兄弟姊妹都覺得沒道理，不犬道，但法例如此，必須依隨，否則怕要招人話柄云云。只是，我們可有發言權？

Ka Ka嘉嘉是一頭狼犬，是我表哥的表姐，十個月大的時候，由市民送給警犬隊，吳督察見她聰明伶俐，學習能力高強，於是收納她入伍，嚴加訓練。她

今年八歲了，服役七年多，性格嬌嗲，頑皮好玩，不過工作起來，可態度認真，一絲不苟，擒匪捉賊可算是她的拿手本領，她兩次奪得「警犬周年服務比賽冠軍」，犬犬口服心服。

Ka Ka嘉嘉雖然已屆高齡，但現在仍駐守東九龍衝鋒隊，她快要退役，開始她犬生的另一階段了，但可恨的是，在警犬隊的最後一章，竟然是黑色的一章！

噢，話說回來，是否她也已屆高齡，所以對老人家特別了解，分外同情？

後來，我聽說所謂「被罰隔離觀察」的Ka Ka嘉嘉，只是在東九龍警署閒逛，找人玩耍，不接order，等候退休。好哇，警犬隊果然法外有情，人情味十足哩！再為Ka Ka嘉嘉來一個「嘉犬榮休派對」，那便更好呢！

警犬也是公務員，警犬退役榮休，可有退休福利？可有長俸？

警務處處長，你可以告訴我嗎？

第十章　Oh！My Lord！

Ka Ka 嘉嘉服役多年，可說鞠躬盡瘁，可以榮休了。可是，有一頭年輕警犬，還未出道，已經面臨被逐出警隊的命運。

唉！他，就是 Lord 阿囉，大家談心時，我喜歡叫他囉友。

「Hi！囉友，怎的沒精打彩的？」

Lord 囉友，就是我 Nona 露娜最喜歡的警犬隊同學，我的好朋友 Lord 阿囉，史賓格犬，和我 Nona 露娜的犬種不同。由於他性情溫和純良，大方慷慨，沒有機心，從不爭鬥，跟他交往不用設防，所以任何犬隻都愛跟他做朋友，他也和每一頭犬、每一個人都相處融洽。我和他年紀差不多，愛一起玩耍，更是好朋友中的「老友」。

Lord 阿囉在一歲時進入警犬隊受訓，犬性聰明，愛玩耍，學習能力也極高；他個性和平禮讓，不愛暴力鬥爭；也木納寡言，不愛說話，有話要說也是期期艾艾的，他不像 Tyson 泰臣有愛說疊句的怪僻，他

是詞不達意，聲音柔弱，他的吠聲沒有犬的雄壯，沒有貓的高亢，絕對不像一頭有爆炸性，有壓逼力，能令賊匪聞聲膽喪的警犬。如果你聽到吠聲似高僧唸佛經，低沉平和，有安眠作用的話，一定是他的無疑。

畢業離校的前一天晚上，我 Nona 露娜和 Lord 阿囉談心，勸他努力：

「囉友，你件件皆能，唯獨攻擊科，你根本已經跑到目標人物身邊，只要你一噬下去，便大功告成了，為什麼你總要停止下來？」

「我咬……咬不下去，目標人物是……是我們熟……熟悉的、尊敬的警……警官……官，我怎……怎能噬……噬他？」Lord 阿囉期期艾艾地說，兩眼望着地下。

「喂，囉友，看着我。」我用鼻頂着他的臉說，「這樣說，如果目標人物不是你熟悉的人，你便會攻擊，是嗎？」我 Nona 露娜要逼使他面對問題，他一再逃避現實，實在不是辦法。Lord 阿囉不會拒絕犬，無奈地轉過頭來。

「我想，或……或者吧，但我還是最……最喜歡玩追……追球……追……追飛……飛碟。」

唉！他連自己想怎樣也並不肯定，這樣的性格，

如何做警犬？

我們面對的是賊匪，他們多數性格兇悍，有的悍匪慣匪，更是兇殘毒辣；有的又可能是醉酒鬧事，借酒行兇聚毆之徒；或是神經失常，神態異常的人。每次執勤，都是生死攸關，就像 Ka Ka 嘉嘉，不就要制服舞斧老翁嗎？還有前輩口中追賊殉職的德國牧羊犬 Rocky 洛奇呢！

「囉友，我們的工作十分危險，對敵人絕不能心軟口軟的。」

警犬殉職的故事，我 Nona 露娜從師兄姐口中聽得多，忠仔和我談心，也多次教我對疑匪要千萬警惕，絕不可以遲疑或者留情，否則，對自己和兄弟都會構成危險，而賊人則逍遙法外。

「Nona，我不想口……口硬。」

「老天，你做什麼警犬？！」我 Nona 露娜心想。Lord 阿囉，是我遇到的最懦弱的頑固分子！

「不！囉友，聽着，明天開始，要集中精神做好攻擊科，要對自己說：我一定行！」

「……」他乾脆趴下來，垂下頭沉默不語。

「你有什麼隱憂嗎？」

「沒……沒有。」良久，他才吐出三個字。

「你的牙齒不舒服嗎？」

「不……不是。」又良久，他又吐出三個字。

「你……」輪到我無話可說。

我們彼此把頭擱在腿上，趴在地下，犬鼻對犬鼻，犬眼相投，Lord 阿囉眼中隱隱有淚光。

許久許久，他幽幽地說：「我……我根本就……就不能。」

「什麼不能！」我霍地站起來，有點失去耐性了，「你領悟力極高，有什麼學不到？！」

「我……我……」他沒精打采的。

「我……我……我……我……我什麼，你根本就不想畢業，不想工作！」我生氣地說。

聽說，在英國，有些警犬表現越來越差勁，工作時不但缺判斷力，更時常表現體力不繼，連犬犬都愛玩的追球遊戲也提不起勁，他們老愛趴在地上喘大氣，看到球被拋出去，也懶得去追，只是優悠地看着球彈起，再彈起……氣得領犬員呱呱叫。原來他們不願做警犬終日勞碌，而寧做寵物狗「歎世界」。

「我要『肥佬』！我要『肥佬』！」變成他們的口頭禪。

難道 Lord 阿囉想學他們？

「唉，我……我也想……想……做……做惡懲奸，維……維持……治……安。」跟 Lord 阿囉説話就是要有耐性，「我什麼都……都可以做……做到，就是咬……咬不下口。」

對！我也聽忠仔説過，英國約克郡警方花了三十四萬港元訓練了一頭名叫 Buster 破壞王的德國牧羊犬做警犬，他很可愛，也很忠心，但他生性實在太純良了，對任何人都表現友善，完全沒有興趣捉賊，在搜索犯人時他竟然可以打盹，最過分的一次是他嗅來嗅去都找不到竊匪藏身處，但當警員終於拘捕了疑匪之後，他竟然在該處翹起後腿撒尿劃地盤，這算是什麼意思？

「哈哈哈哈……」Lord 阿囉聽了 Buster 破壞王的故事，竟然大笑起來，「我不是想躲……躲懶，只是不……不想殺……殺生。」

「吓，不想殺生？你不會殺人呀！咬人不等如殺人呀，傻犬！」

「使用……用暴……力，沒有慈……慈悲。」

Oh，my Lord！阿彌陀佛！阿呢吉蒂，難道他的前世是高僧？

看着 Lord 阿囉啡黑的頭，渾身淺色的毛，加上柔

柔的眼神，我不得不承認，這是頭可愛的東西，真的適合做寵物狗。唉，我也不忍心再責難他了。

出勤了一段日子，我明白到世途多險惡，警途多磨礪，想起 Lord 阿囉的慈悲心腸，只怕會好心做壞事，害了好兄弟。我真懷疑他是否真的適合做警察。

人各有志，犬亦性格各異，對慈悲的 Lord 囉友，我們還要逼迫他嗎？

可是，他要是被逐出警犬隊，我便少了一個好朋友了。我實在捨不得他。

「囉友，明天我要外調了，你好自為之吧。」

Lord 阿囉戀戀情深地望着我，我們互舔對方，作為道別。

我們警犬，畢業後便要離開沙嶺警犬訓練學校，被派遣駐守不同區域警署，做巡邏、緝毒、追捕等工作。每次外調一段日子後，我們都會回來，接受再訓練，重溫課程，學習新知識，再考試，保證所學的沒有生疏。人類說：「終身學習」、「增值」，嘿，我們警犬，老早已經奉行這個信條了！

工作繁忙，日子飛逝，很快地，大家又回到學堂接受再培訓了。

聚首一堂，聚友情，談人類怪事，實在十分開心。

一回學堂，便聽到許多小道八卦消息。

「各位各位，我們的地位受威脅了，有小小小犬子竟敢來搶飯碗。」狼犬師姐 Dyan 阿歹説。

「你不是説我們瑪蓮萊犬吧？」Max 麥屎一派大哥風範。

「Max，我們可算老同學、舊同事了，我説的是小小小犬子，你老兄分量也不小小哩。」Dyan 阿歹説。

「那什麼是小小小犬子，快説清楚。」Rex 力士心急地要求。

有此等趣事，犬犬當然豎耳恭聽。

「你們不知道嗎，美國俄亥俄州最近招募了一頭芝娃娃小犬女當警犬，這頭『新紮師妹』只有六磅重，混在百多磅重的同袍之中，不是小小小犬子是什麼？」

「哇！這種嬌滴滴有什麼能耐？」

「捉賊？就憑她？」

「擒兇？開玩笑！」

「搏鬥？叫她夾尾走吧！」

「叫她別浪費警犬隊米飯吧！」

大家你一言我一語，嬉笑怒罵，議論紛紛。

「無用快走！無用快走！」一貫沉默的 Tyson 泰

臣插嘴了，揚起眼上兩個啡色圓圈，完全忘記了打鬥的「瘀事」，他將目光射向 Lord 阿囉，Lord 阿囉若無其事，左顧右盼。

「哼！哼！你們被搶飯碗了，死到臨頭還不知道。這芝娃娃小小小犬子，其實是小小小犬女，名字叫 Midge 米切，來自 Midget，是侏儒的簡稱，因狗細小也。她自三個月大已開始接受訓練，緝毒本領了得，更會和拍檔騎鐵馬巡邏，還有自己專用的鐵馬護目鏡呢！」Dyan 阿歹像宣布獨家新聞般說。

「嘩！好威風唄！」一眾譁然。

Dyan 阿歹看到自己引起注意，感到沾沾自喜，繼續煞有介事地說：

「聽說她很文靜，愛混在人堆中，最愛和孩子玩，所以又被委任為警界親善大使，多次被派去巡遊，和公眾見面；更時常探訪學校，和學生們玩耍；她甚至去探訪監獄，慰問因犯呢。你們說她萬千寵愛在一身，威風八面，多好哩！」

我想起 Lord 阿囉，他對這些工作，應付可綽綽有餘，小小小犬女尚不以自己年紀小、體形纖小而退縮，或說自己沒用，Lord 阿囉呢？聽說 Midge 米切在大狼犬面前，也是高高的昂起頭來，絕不示弱呢！

　　Lord 阿囉怎的老想着「自己不會！自己不能！」
呢？

　　久別重逢的 Lord 阿囉，仍然一如既往，樣樣皆
能，科科俱優，唯獨攻擊科，是他的致命傷。

　　校場上，正舉行警犬出關試，羣犬吶喊聲雷動：

　　「咬，狠狠的咬，他是賊，不要放過。」我 Nona
露娜極力慫恿 Lord 阿囉。

　　「他不⋯⋯不是賊，是吳⋯⋯吳督⋯⋯督察。」

Lord 阿囉悄悄地對我說，大喘着氣。

「不，他是賊，不要對他客氣！」我 Nona 露娜用頭把 Lord 阿囉推向前：「去咬他，口下不留情！」Lord 阿囉仍然躊躇不動，愣愣地望着站在遠方的目標人物。

我乘他不察覺，狠狠的對他就是一咬。

「哎吔……吔……吔……」Lord 阿囉痛極猛飆，直衝上前，速度不慢。

「Yeah，囉友加油，加油，加油……」

「沙沙沙……」離目標人物只有幾呎，Lord 阿囉卻突然煞住腳步，我看不對勁，於是一個前衝奔撲上去——

「Nona，STAY ！」陳 Sir 忠仔在後面喝道。

我 Nona 露娜置若罔聞，直撲向目標人物，目標人物舉起手中軟鞭，眼看就要抽下來，我大叫道：「囉友，救我！咬他！」

好一個 Lord 阿囉，後腿用力一蹬，凌空撲起，硬生生擋在我前面，吃下一記軟鞭，同時也撲倒了目標人物。

我 Nona 露娜的苦肉計得逞了！我心中暗喜。

回頭看 Lord 阿囉，他——他竟然伏在倒地的目標

人物身上舔他的臉，大搖着尾！

Oh！My Lord！

他是要攻擊的目標人物呀！

這是考試呀！

我白費心機，他無可救藥。

午後無風，枝葉不搖，全場寂靜，瞬間，空氣彷彿凝固了⋯⋯

Max 麥屎、Rex 力士和 Tyson 泰臣神情焦急地望着我，我知道他們擔心我會被嚴懲。

老江湖 Dyan 阿歹、愛美姐和久休復出的芝達姐齊齊為我的魯莽舉動而搖頭歎息。

其他同學都被我的舉動嚇得目瞪口呆。

不服從的警犬，下場如何，大家清楚。

「Nona 是頭服從性強的警犬，她這樣做一定有原因。」陳 Sir 向吳督察求情，吳督察一臉失望、愕然，眼愣愣地直瞪我，心痛地斥問我：

「你為什麼攻擊我？」

警犬的天職就是要服從主人的指令，而且，我 Nona 露娜是他帶來香港的，他是我的恩師，教導我，愛護我，賞識我，我怎可以對他做這種大逆不道的事？我垂下頭，我知自己闖下彌天大禍，我躡手躡

足，嘗試走近他，依偎在他身旁，但只見他氣得青筋暴現，悻悻然地說：

「今天考試，到此為止。陳 Sir，好好看管你的警犬！她實在太過分了！」

「DISMISS ！」

「Yes，Sir ！」陳 Sir 應道，面孔鐵青，眉頭緊繃。

任何一位領犬員，做夢都盼望自己所訓練的警犬能絕對服從，屢立戰功，一直以來，我 Nona 露娜雖然表現良好，但今天，我的所作所為，實在令吳督察和忠仔感到失望，極度失望。

事後，我還被同宗的瑪蓮萊犬埋怨：「你損害了我們瑪蓮萊犬的聲望！」

「Nona，為朋友，你付出了代價。」Max 麥屎關切地對我說。

我雙眼噙淚，低垂着頭，無話可說。每次，在犬生上的最重要關頭，只有 Max 麥屎最明白我。

我因舉止失常，被罰羈留在犬舍接受觀察，暫停外出執勤。

「你到底發生什麼事？」忠仔被我氣得七竅生煙，劍眉緊蹙，滿臉失望。

「汪，我只是想幫朋友罷了。」

忠仔是我的主人，和我一起出生入死的親密戰友，從來我都和他緊密合作，從來我對他都絕對服從，他要我坐，我絕不會站；他要我咬，我絕不會放口。但今天，我為了朋友，出賣了主人，出賣了戰友，我還是警犬麼？！我眼露乞憐的表情，耳朵耷拉，狂擺着尾，求他原諒。

Lord 阿囉呢，被評為不能遵照指令，也不夠強悍，不能對付賊匪，所以再次「肥佬」了，不能指派差事。他們認為犬跟人一樣，各有與生俱來的個性，所謂江山易改，品性難移，所以商量把 Lord 阿囉「趕出校」。

被「趕出校」的 Lord 阿囉會有什麼命運呢？

可能的話，由他的拍檔領犬員要了他，帶他回家，再續主僕情，頤養天年。

幸運的話，被有愛心的人家收養，做隻寵物狗，衣食無憂，風花雪月。

不過，如果收養的人家因故放棄他，他會變成流浪狗，掙扎求存，學會張牙舞爪，廝殺咬噬。Lord 阿囉會變成這樣嗎？

不自強的話，他會被狗羣所欺，走投無路，潦倒街頭，拖着滿身跳蚤，過着悲慘的狗臉歲月，直到衰

弱病死。

更不幸運的話，他會被捉狗隊捉去，嗖！「人道毀滅」，天國安息！

聽說香港主題樂園招考「狗仔保安隊」，協助搜索毒品和爆炸品，主題樂園，小朋友的地方，遊樂的地方，Lord 阿囉應該會勝任吧？

可惜，原來人家已聘請了兩頭史賓格犬 Pixie 派絲和 Dusty 德蒂，喜歡她倆有長長的垂耳朵，趣緻可愛，還為她倆興建一座面積達一百平方米的大屋哩。

幸好，警犬隊最後成功地安排將 Lord 阿囉送給一戶愛犬人家，過他的玩耍犬生。犬道不同，不相為謀，世界是現實的，警犬隊沒閒錢養閒犬。

Lord，阿囉，囉友，再見了，我永遠掛念你，但願有緣相見。祝福你！

我 Nona 露娜自己呢，已經被拘留觀察好多天了，日子實在過得很無聊，無聊久了，我也顯得憂心忡忡，沒精打采。

忠仔每天來看我，有時木口木面不理睬我，有時怒氣沖沖訓斥我，有時又囉嗦長氣責罵我，甚至不停咿咿哦哦埋怨我……

忠仔，忠仔，你要怎樣才能原諒我？

第十一章　血脈相連

犬各有志，Lord 阿囉終於變為寵物狗，誰能夠計算到，Lord 阿囉浪費了納稅人多少培訓經費？

可話說回來，誰家要了 Lord 阿囉，就是誰家的福氣。這樣溫和純良，友善和平，又飽受訓練的警犬，免費送贈，走入平凡百姓家，正如香港人愛說的：「執到啦！」

我 Nona 露娜可悽慘了，因為 Lord 阿囉的事，被其他犬笑稱大腦有病的「戇豆」，被其他警員叫做「發瘟魔犬」。

我被警犬隊羈留觀察，在犬舍中不得外出，說是要看我是否神經失常。

神經失常？我又沒真的咬傷人，才作狀要咬嘛，作狀罷了，不用那麼認真吧？哼！

相處之道，有親有疏，有聚有散，有喜有哀，有誤會有和解，無論如何，我希望能夠得到寬恕。可以再和忠仔出生入死，不離不棄。

但是吳督察和忠仔啊，他們哪天才明白我？肯原

諒我？放心再讓我在警隊效力呢？

每天，忠仔都來看我，我拚命搖尾表示悔改，表示溫馴，表示從此洗心革面，痛改前非，從忠仔的言行表情，我知道，得到饒恕的日子就快到了，因為，忠仔由開始對我的不瞅不睬，漸漸改變為斜眼偷偷瞄我！他何嘗忍受得了好兄弟間冷漠相待？！

我更努力向他無事獻殷勤，要用舔舌功搖尾功傻笑功哄他心軟。每次，我都誠懇地對忠仔哀求說：

「保證沒有下次，相信我。」

但他和吳督察就是要觀察、觀察、再觀察。

被囚禁中，有點掛念 Max 麥屎和 Rex 力士，很久沒看見他們了，聽說因為有大案發生，他們要被外調衝鋒隊一段日子。

有一天，意想不到的是姚 Sir 帶着 Tyson 泰臣來探我，Tyson 泰臣口中還叼着一根烤香的骨頭。

姚 Sir 促狹的說：「Nona，Tyson 掛念你呢！」

你又知？你怎會知道？

Tyson 泰臣把骨頭從鐵閘下推進來：「給你吃，給你吃。」

隔着鐵籠，他憐愛地舔我說：「你好嗎？你好嗎？掛住你，掛住你。」

患難見真情，我身犯重過，身繫犬牢，他不但沒有蔑視我，還如此不離不棄，大獻殷勤，我實在對他心存感激，但他是我的所愛嗎？可是，人家對我這麼好，我又怎能拒人於千里之外？

唉，愛情？好煩惱啊！

黃昏，忠仔來了，我對他「汪汪」歡迎。

他終於開腔，跟我說話了：

「Nona，知道做錯事不好受吧？做錯事就只好傻兮兮的發呆做悶蛋哩。」

哈！忠仔和我說話了！

哇，老友，忠仔原諒我了！

有什麼比做錯事而獲得原諒更值得高興呢？

悶蛋 Nona，從此不悶哩！

我撲上去摟着忠仔狂舔，忠仔似乎也有種原諒他人而得來的輕鬆，開懷地說：

「噢，傻妹，夠了！夠了！」

只是，我被投閒置散的日子並未因忠仔的原諒而畫上句號。

我得去見獸醫梁醫官，由他判斷我是否可以復職。

梁醫官被芝達咬傷後，療養了一段日子，又再披

袍上陣了。

　　我 Nona 露娜被套上粗大的犬索和堅實的口罩，由忠仔牢牢牽引，他揪緊犬索，使我動彈不得，犬索的另一端，飄來忠仔緊張不安的情緒氣息。我知道忠仔疼我，擔心我過不了檢查這一關，不能再和他外出並肩作戰。我不敢造次，亦步亦趨，乖乖地貼着他的左大腿前行，誰叫我想歪腦袋幫 Lord 囉友，闖出大禍！

　　梁醫官被芝達咬過，臉上縫了許多針，一道道疤痕顯現，恐怖噁心。但他的氣味仍然在我的記憶庫中，我絕對忘不了這個人和他以前俊朗好看的容貌。受傷之後，他休養了一段時間，現在傷癒復出，沒有退下火線，他堅守崗位，令我心生欽敬，我無懼他臉上的傷痕，向他伸舌傻笑，猛搖着尾，表達友好之情。

　　他仍像以前一樣，穿着白色醫生袍，有了上次慘痛的經驗，顯得小心翼翼。

　　他先用聽診器聽我的心跳和呼吸，我乖乖地任由擺布。

　　他再將探熱針插進我的肛門量體溫，我縮了一下，感覺他的手也縮了一下，他牢牢盯着我，留意着我的反應。上次，他就在替芝達量體溫時被她痛噬，

慘痛經歷，永留陰影，難怪他格外謹慎。

他還檢查我的毛皮、腳趾、尾巴、肛門。他對忠仔說：

「有些犬隻生寄生蟲，也會變得性情乖戾，舉止異常。」

然後他請忠仔除去我的口罩，撬開我的嘴巴看口腔，忠仔嚴肅地警告我：

「小心你的狗嘴，守規矩點！」

唉！一次不忠，百次不用！

仔細檢查了大半天，梁醫官說：「一切正常。」

我吁了一口氣，以為沒事了。

誰知他接着說：

「有些犬隻生理看來正常，但如果患了精神病，也隨時會做出不尋常的舉動。」

What！我精神錯亂？！

我緊張了，全身犬毛就要豎起來⋯⋯

你們可知道，患了精神病，即精神錯亂；精神錯亂，即是患了「瘋狗症」！一旦被斷定有瘋狗症，要被「嗖」——「人道毀滅」的呀！！！

現在，我全身犬毛「無故」豎起，豈不是又被他們視作「攻擊前奏」、「瘋狗襲人」預備招？

　　不！我不能給他們看到我豎起犬毛，否則傾黃河之水也洗不脫「瘋狗」之名！我立即收斂精神，叫自己 relax，放鬆，放鬆肌肉，垂下豎毛，垂下犬耳，還要側躺下來，放鬆四條腿，犬頭後仰，露出咽喉部位。

　　在犬世界裏，側躺張腿仰頭露咽這個姿勢，是地位低下的弱者向地位高高在上的強者表示認輸和臣服的意思，精通動物學的梁醫官看見我這樣子，立即說：

　　「Nona 在向你賠罪道歉呢！看來她不像患了精神病，她那麼溫馴，應該不會無故襲擊上司的。」

　　我伸長舌頭，嘴咧咧的向他們傻笑。

　　忠仔笑了，拍着我的頭，放下心頭大石般笑了：

　　「你這小傢伙，嚇死我了！」

　　我從忠仔開心的語調和表情中，知道他完全原諒了我，我高興得跳了起來，殷勤地舔舔他的臉，連滿布疤痕的梁醫官的臉也不放過。

　　離開醫療室，犬索、口罩，拿在忠仔手中，我依傍着忠仔大腿側，神氣又自信，在門外遇上退休前來作最後檢查的 Ka Ka 嘉嘉和行將退役的 Lord 囉友。

　　Ka Ka 嘉嘉一派老前輩口吻提醒我說：

「Nona，凡事小心，不要魯莽。」

「我知道了，前輩，你保重。」對這頭鞠躬盡瘁的前輩，我實在感到依依難捨。

「No⋯⋯na⋯⋯再⋯⋯再見，掛⋯⋯掛住你。」Lord 阿囉垂下頭，好像很過意不去地跟我話別。

「囉友，舊事不須記，逝去種種不必再提起，放眼明天，祝福你！」我愉快地碰碰他的鼻子説。

噢哈！連日的烏氣，消散了！漫天烏雲，消散了！

西山日落，天邊金光燦爛，黃昏的秋風送爽，吹下片片黃葉，有一片剛好蓋到我頭上來，我氣哈哈的只管笑，也懶得去理它。

「哎唷唷！傻犬戴帽呀！喂！很襯你哩！」好兄弟的幽默感回來了。

漫長警察路，我 Nona 露娜和忠仔這對好兄弟，好像血脈相連，注定要並肩作戰，儆惡懲奸，保護市民，維持治安。

我向全世界宣布：

「我要做好呢份工！」

後記

　　寫警犬的故事，是因為我喜愛動物，尤其是狗。自小家中養狗，純黑的、純白的、純啡的、混色的，都養過；唐狗仔、番狗仔、混種狗，都養過。所以我知道牠們愛玩愛笑，忠誠可靠，崇尚自由，喜歡蹓躂，時而到處留情，時而惹事生非，聽從命令之中又反斗反叛，溫馴服從之中又愛打架爭鬥。牠們各有個性，而性格之複雜，脾性之善變，跟人類沒有兩樣。

　　寫警犬的故事，是因為我敬重警察，崇拜他們制服整潔，舉止威武，有型有款，而且具有高超的專業技能；佩服他們的堅毅強悍，面對邪惡勢力，絕不低頭，能人所不能；感激他們能克守紀律，堅守正義，維持治安，為香港的繁榮安定，立下不可勝數的汗馬功勞，是可信賴的象徵，是社會安定的最佳保障。

　　警察部隊中有警犬隊。警犬來自不同狗種，只要當牠們一旦被挑選為警察，我們便不能翹唇咬齒叫牠們做「狗」，即使叫「警狗」也不可以，而是要圓起嘴唇柔化聲線尊稱牠們為「犬」──「警犬」！牠們發揮忠誠義勇的天性和警覺性，利用特有的敏銳聽覺和嗅覺，尖銳的犬牙和嘹亮的吠聲，加上在學校裏學到的技能，協助警察除暴安良，是名副其實的罪惡剋星，是百分百的特警部隊──警察犬。

　　香港警犬隊，設有警犬學校，有偌大的訓練場、設備良好的宿舍，加上完善的訓練和考核制度，訓練出無數的超凡特警，牠們和自己的領犬員推心置腹，不但合作無間

地巡邏街道，撲滅罪行，還出席公關場合，做親善大使；參加犬隻大賽，揚名聲，顯警隊。現代科技雖然發達，卻仍然無法取代優秀警犬的作用。一頭普通的狗經過訓練，最後能夠成為優秀警犬，背後又有多少人花了幾許心血？

香港警犬，有許多表現優秀，甚至赫赫有名的。牠們忠誠可靠，叫人喜愛；牠們英勇立功，叫人讚賞；牠們專心一致，將工作做好，叫人動容。可是牠們之中，又有多少歡樂哀傷，恩怨情仇？相信看完這本小說，你已有所了解吧。

在此，謹以摯誠的心多謝香港警務處處長鄧竟成先生，他地位顯赫，是舉足輕重的人物，竟然親自搖電話給我，親口答應賜序，語調誠懇客氣，態度謙虛有禮，教我這個小小作者感動不已，感激不已，更深感幸運之神的眷顧。有這樣一位品格崇高、善於溝通的處長，香港何患沒有紀律良好的警隊？

最要多謝的是警犬隊高級督察吳國榮先生，有他熱誠的協助和指導，我才能寫成這本警犬小說，千言萬語，不能道盡我感謝之情。在與他的多次接觸交談中，我更感受到他對每頭警犬的熟悉和愛護，鐵漢的外表下，盡顯細緻溫柔的內心。因為他，對香港警察，我又多加幾分敬重和喜愛了。

我還要多謝著名作家阿濃先生，在兒童文藝協會擔任理事的我，一直得到做會長的他的愛護、支持和信任。他後來移居加拿大，去年狗年，我正動筆寫這本警犬小說，

他恰巧回來出席「滬港兒童文學研討會」，我乘機請他賜序，他二話不說，一口答應，實在感激。

此外，我要多謝香港童軍二二九旅童軍團團長陳敏英警官，由他的穿針引線和指示，我才能接觸到警犬隊，寫成這本有趣的小說。

當然還有一直賞識我的新雅文化事業有限公司常務副總經理尹惠玲女士和編輯部經理甄艷慈女士的安排下，為這套《特警部隊》系列的再版付出了不少心血，謹此致謝。

孫慧玲

（寫於 2007 年）